衣もろもろ

群　ようこ

集英社文庫

衣もろもろ　目次

衣もろもろ

一　尽きぬ悩み

五十歳を過ぎたとき、私はショックを受けた。若い頃《ころ》から歳《とし》をとるのは恐《こわ》くなかったし、どちらかといえば早くおばあさんになりたいと思っていた。なのでアンチエイジングが話題になっても、歳をとるのは当たり前で、それを美容整形やら安全性もよくわからない薬で防ごうなんてと興味もなかった。ひとまわりも老けて見られるのなら、考えたほうがいいのかもしれないが、年相応ならば何の問題もないではないか。若く見えさえすればそれでよいのかと、世の中のアンチエイジング流行《ばや》りには、少し腹も立てていたのである。

アンチ・アンチエイジングの私は、老化現象の何が襲ってきても、それをがしっと受け止めるつもりだった。健康管理のために、体脂肪率が肥満の範囲にならないように食事に気をつけたり、白髪も一時は目立つところだけを、ヘナで染めたりしていたが、今は染めるのもやめにして、白髪が増えるのを楽しみにしている。自分なりに歳をとるのを楽しんでいたつもりが、あるとき、風呂に入る前に鏡に映った自分の姿を見たとたん

「?」となり、その直後に思わず、

「なんだこりゃ」

とつぶやいてしまったのだった。

それまではあっちが太った、こっちもと、加齢によって肉がついた場所が気になっていたけれど、太ったとか痩《や》せたとかではなく、明らかに老女になりかけている女の体があったからである。太るにしても痩せるにしても、基本的な体形の上に増減があるが、肉がたるんでその基本的な体形が崩れ、老女化のきざしは隠そうにも隠せなくなっていた。といっても私の場合は、露出の多い服は着ないので、あわてふためくということはなかったが、それでもこの「老」を現しつつある体に、何を着たらよいのか、わからなくなってきたのは事実なのだ。

それから何かヒントはないかと雑誌などを見てみたが、そこに描かれているおばさん像の典型は、背が低くて小太りである。気さくで人はよさそうだが、三頭身あるいは四頭身に寸詰まっている。そしてヘアスタイルは適当にパーマをかけたようなセミロング。パンツスタイルにウォーキングシューズである。私は若い頃から小太りだったので、小太りの自分については何十年も見慣れている。おばさんの定義からいうと、若い頃から「おばさん体型」だったらしく、

「そうだったのか」

と今さらながら感心してしまった。

一方、こういう中高年のおばさまは素敵という典型は、まず背が高く六頭身でハイヒールを履いている。

「顔はやや歳をとったふうにはなっているが、これはおばさんじゃないじゃないか」

といいたくなるイラストが描かれている。好みの問題だが、グラビアを見ても、素敵と目を引かれるものはないし、素敵だなと感じる人もいない。みなどことなく無理があり、なかには若作りが痛々しい感じがしたり、品のなさをなんとかしてくれといいたくなる人もいる。若い女性の場合には表に出にくい内面が、写真に撮られると、コンシーラーやハイライト、あげくはCG処理をどんなに施したとしても、出てきてしまうのが恐ろしい。

最近は世代によって着る服を限定しなくなったが、雑誌に取り上げられている服を見ると、だいたい三十五歳くらいをターゲットにしているのではないかと感じるものが多い。人がこうありたいと理想とする年齢は、今の年齢からマイナス二十歳くらいと聞いたことがある。となると、このスタイルはまさしく私の年齢の理想となるわけだが、どれもこれも、

「ふーん」

という感じである。最近は読者モデルがたくさん登場していて、以前のようにプロの

モデル一辺倒ではないから、より身近に感じられるようになったのかもしれないが、彼女たちの足元を見ると、ものすごく高いハイヒールを履いて、背を高く股下を長く見せているから、バランスが悪く見苦しい。

「そんなヒールを履いて歩けるのか」

と写真を見ながら、つい毒づいてしまう。珍しくフラットシューズを履いていると思うと、椅子に座っていたり、大きなバッグで股のあたりを隠して、脚の出所をわからないようにしていたりして、ごまかしまくりなのだ。

たとえば背が低くて小太りの人は、こうすると素敵になりますよというのならば、参考にもなり雑誌を熟読する気にもなるが、女性という共通点しかない異種を見せられ、ましてや身長や股下などDNAでどうにもならないものを「素敵」の基準にされ、

「そうじゃない人は、ハイヒールを履けば」

などというのでは、まったく根本的な解決にはなっていない。若い頃はそれに騙《だま》されたが、この歳になるとそんな嘘《うそ》にも騙されなくなったのは、多少なりとも成長しているからであろう。

五十代半ばで、七頭身、八頭身のプロポーションの人は、同世代の女性の人口の何パーセントくらいいるのか。ツチノコを見つけるくらい、難しいのではないか。このようなスタイルが理想で、「こうなりたいわ」と憧《あこが》れ、

「縦に伸びるのは無理だから、少しでも横幅を狭くすれば、その比率に近づけるかも」

と必要以上に必死になっている同年配の女性がいたとしたら、私は静かに、

「年相応に、まっとうになれ」

と申し上げたい。これから科学が発達して、服用すれば身長や股下が伸びる薬が開発されたり、人体改造が可能になるのだったら別だが、憧れの体形を持った人と自分が同じになる日は、一生、来ないと、肝に銘じるべきなのだ。

少しでも若くと、アンチエイジングに命を燃やしている人も、平等に歳をとっていく。年々、状況が厳しくなっていくのは当然である。五十代半ばを過ぎても、四十歳前の容姿を求め、七十代になったら五十代、八十代になったら六十代……。一生、手に入ることがない理想を追い続けるなんて、私から見たら、何と辛《つら》い人生なのかと思う。やりたい人はやればよいが、手に入らない無理がある理想を必死に追う人生は、私には向かないのだ。

といっても裸でいるわけにはいかないので、私も日々、服は着る。どこでも服は売っているので、手近でなんでもよければ、駅前のスーパーマーケットの二階に行って、三枚一組のおばちゃんパンツやカップつきのキャミソールを買い、並んでいるトップスとボトムスを買えば、低価格で一式が揃《そろ》えられる。それがいやだというのは、歳をとったとはいえ自意識というものがあるからで、それと現実との折り合いのつけ方が、年々、

難しくなってきた。お坊さんや尼さんみたいに、黒と白の色合いの法衣《ほうえ》でOKというのは、どんなに清々《すがすが》しいかと憧れる部分もあるが、そうはいかないのがまだ残っている私の欲の部分なのである。

体形の変化にショックを受けつつも、四十代よりも今のほうが、洋服を着るのに気負いがなくなったような気がする。肉が落ちてきた分、気持ち的に楽に服が着られるようになった。Tシャツとジーンズでも、三十代の後半から感じていたような労働着には見えなくなったのも、労働するような体力があるようには、見えなくなったからだろうし、紺色のジャケットを着ても制服には見えない。マイナスの部分が意外な効果となって、さりげなく服を楽しめるようになったような気がするのだ。

となると、いったいどういう服を選べばよいかである。これからの衣服計画の参考にと、ご近所で、私より年上の六十代、七十代の女性の姿をいろいろと観察してみたら、初夏という季節もあって、花柄のプリント派が優勢だった。それも個性が強いプリントではなく、タオルやカーテンの柄などで見たような、パステルカラーの色合いがほとんどで、寒色よりも暖色が主流だ。足元はスニーカーよりも、革製のウォーキングシューズを履いている人がほとんどだった。

どの方も感じは悪くないのに、すっきり見えないのは、花柄も無地も色がくすみすぎているからだった。花柄の場合は多色使いなので、多少、印象は変わるけれど、ブラウスに合わせるパンツはみな無地である。その色が何色であっても、黒以外はみなくすんだ色ばかり。ベージュも微妙な茶が混じった色だし、くすんだピンクと薄茶の間のような、何色と呼んでいいかわからない、ものすごく曖昧《あいまい》な、感じのあまりよくない色。花柄のブラウスやシャツが中間色の暖色系なので、パンツに黒を持ってくるのは合わないと判断したのだろうが、中間色の中間のまた中間という、不可思議な色を着ている人が多く、それはスーパーマーケットで売られている服にも多い、色合いなのだ。

その次に目についたのはキラキラ派で、やたらとスパンコールやビーズがついているトップスを好むタイプだ。こちらは曖昧な色ではなく、白、赤、ピンクとはっきりとした地色で、やはり暖色系が多い。アクセサリーをつけるよりも面倒くさくなく、ちょっとお洒落《しやれ》な感じもするからだろうか。そういうトップスを着ている人の多くは、白か黒のパンツスタイルが多かった。思いの外、パンツスタイルが多いのは、膝《ひざ》の冷え予防の肌着が中に穿《は》けるからかもしれない。若い頃のようにお洒落のために我慢はできないので、これは重要なポイントになるだろう。

何人もの女性を観察したなかで目を引いたのは、黒のシンプルな丸首の五分袖《そで》のカットソーのトップスに、白い大きな玉のネックレス。下はオフホワイトのバギーパンツを穿いた、七十代後半くらいの女性である。靴のヒールは三センチほどで、きっと若い頃からお洒落だったのだろうなと思わせる姿であった。私の目の前を通り過ぎ、後ろ姿に目をやると、トップスの背中には地色と同色の黒のスパンコールで大きなハートが描かれ、パンツの後ろの両ポケットには、これまたシルバーのモールのような糸で、立体的にハートが刺繍《ししゅう》してあった。

年金生活の方々も多いだろうから、衣服を第一に考えるわけにはいかずに、洗ってもすぐ乾き、手入れも不要で手頃な値段の服がいちばんと思っている人も多いだろう。でも志向としては、みな曖昧で目立たず、柄や付属物で女性らしさをアピールする点は共通だ。シンプルなシャツとパンツにウォーキングシューズだと、夫から服を借りて、男装しているおばさんに見えてしまう。でもそのスタイルはとても楽で動きやすいので、男性度を薄めるために、トップスは花柄になり、パンツは男性が穿かない色を選ぶ。筋は通っている。しかし！

「それでいいのか？」

と私は思うのである。

私は服を選ぶ第一の基準を、値段にはしたくない。安ければ何でもいいというのはいやだし、かといって食を犠牲にしてまで、雑誌に紹介されている服や小物をそのまんま買い、自分はお洒落だと悦に入っているのは格好悪い典型である。自分に無理のない値段で、男装しているようにも見えず、自分が動きやすくて着心地もよく、周囲の人にも、多少はお洒落に気を遣っているなと思ってもらえる、ＴＰＯをわきまえた装い。それが私の理想なのだが、今後、それが現実になるかどうか、私の修業は五十代半ばを過ぎても、まだまだ続くのであった。

二　個人的ファッション史

　私のこれまでの人生で、いつがいちばんお洒落だったかというと、小学校にあがる前から六年生くらいまでの間だった。当時は子供に既製服を着せるのは、よっぽどあらたまった場所に出るか、気張ったお出かけのときくらいしかなく、ふだんはほとんど母親の手作りだった。洋裁などの技術を習っていないお母さんたちも、白いブラウス、ウエストにゴムが入ったスカートや、簡単なワンピースなどを縫っていた。それにちょっとした刺繍がしてあったり、かわいいレースをつけたりしたのも、みんなと同じようなものではなく、少しでも我が子をかわいらしく見せようという、母の愛情だったと思う。

　私の母親は家政科を卒業していたので、洋裁、和裁、編物がとても上手であったが、センスがあるかというとまた別だった。技術はすごいのに、センスはいまひとつという、日本人の手芸好きのおばさまに多いタイプだったのだ。

　母親には新たな発想はなかったが、婦人雑誌の付録や中原淳一《なかはらじゆんいち》のスタイルブックをそっくり真似《まね》すると、出来上がりは完璧《かんぺき》だった。

「次はどの服にする？」

と聞かれて、私がデザインを選び、

「これ」

と指さすと、四、五日で写真やイラストとまったく同じ、ブラウス、セーター、スカート、お揃いのストールがついたオーバーコートが出来上がってきた。ただひとつ違うのは、それを着ているのが、目がぱっちりした松島トモ子ちゃんや中原淳一が描く美少女ではなく、目が細いこけし顔の子供だったという点だけである。

当時、商業デザイナーとして仕事をしていた父は、家族の服装に口を出さなくてはいられないタイプで、私の服にも細かく口を挟んできた。頼んでもいないのに、

「デザインをしてやろう」

とデザイン画を描き、布の材質や色の指定までする。それに従って母親が材料を揃えて仕立てるのだ。

他のお母さんたちが作るのとは、少し違う服を着ていた私は、周囲の人々にいつも褒められた。また布地の問屋を経営していた父の兄が、自分の子供が男の子ばかりなので、姪《めい》の私をかわいがってくれ、小学校四年生の私に、イギリス製のハリスツイードのオーバーを買って送ってくれた。丸い大きな襟に赤いニットがついたダブル前で、薄いグレーに茶色のネップがまじった生地に銀ボタンが並んでいる。それは当時、同じ年頃の子

供たちが誰も着ていないコートだった。そのコートは大好きで、小学校を卒業するまで、冬が来るのが本当に楽しみだった。

それから一転して、中学から高校三年の夏休み前まで、私のファッション暗黒時代がはじまる。子供の頃は太っていようが痩せていようが、子供という括《くく》りで見てもらえる。私は物心がついてから、ずっとぽっちゃりしていた。しかし自分の寸法に合わせて母親が作ってくれていたので、着る服がないなど考えたこともなかった。それどころか外に着て出ると、みんな褒めてくれるので、体形を気にする必要がなかったわけである。

それが中学生になると、かつてのぽっちゃりした女の子は、誰が見ても完全なデブになっていった。外見を気にするような年頃で、それは最悪だった。その頃はすでに既製服が全盛で、それを着るのがお洒落なのだが、既製服には私に合うサイズがない。身長に合わせると入らず、幅に合わせると丈をすべて直さなくてはならない。子供の頃は手作りの服を喜んで着ていたが、中学生にもなって母親が縫う服を着ているのはいやだった。それでも母親はスタイルブックや服飾雑誌を見て、私に似合いそうな服を縫ってくれてはいたが、

「同じものですか？」

と首をかしげたくなるくらい、似て非なるものだった。どこか間違えたのではと文句

をいうと、

「あんたのサイズで型紙から起こしたのだから、絶対に間違いはない」

という。雑誌のモデルが着ていると、とっても素敵な夏の緑色の縦縞《たてじま》ワンピースなのに、私が着るとまるでスイカだ。私は、

「もう服は作らなくてよろしい」

と母親に宣言して、手作り服に別れを告げたのである。

なので中学時代は制服以外、ふだんに何を着ていたか記憶がない。また運悪くミニスカートが流行りはじめ、これまた大根足には最悪で、中学生の私は、一生縁がないものと考えていた。ところが制服を強制されなくなった高校生になると、自分のデブな体形にも目が慣れ、ミニスカートにハイソックスで通学していた。身長百五十センチそこそこで体重は六十キロあったのを考えると、そら恐ろしいとしかいいようがない。とにかく既製服がそのままだと合わないのは相変わらずなので、頼みもしないのに母親がスカートを縫ってくれたが、脱いだのを見たら、座布団カバーみたいに正方形だったのを思い出す。それから私服をあれこれ考えるのが面倒くさくなり、三年生になると高校がいちおう指定していた、標準服を着て通学するようになった。着れば格好がつく標準服はとても気楽だった。

高校三年生の夏休み前、図太い私でも進学や体形など、あれこれ悩んでいたのか、突

然、米粒が食べられなくなり、夏休み中に体重が二十キロ減ってしまった。道路はまっすぐ歩けないし、受験生だというのに頭は回らないしで、痩せたのはうれしいけれど、こりゃ、まずいだろうと、少しずつ野菜やアイスクリームなどを食べているうち、二学期になって四十六キロくらいに戻った。それでも既製服を選び放題というわけにもいかず、通学には標準服を着続け、ロックコンサートには、上はTシャツ、下はミニスカートかジーンズで出かけていた。

このTシャツとジーンズの到来は、本当にありがたかった。Tシャツやジーンズには男女の区別がなく、直輸入品には相撲取りでさえ着られるような大きさのサイズがあった。おまけに丈夫で安いので、まず本やレコードにお金をつぎ込み、残りのお金で洋服を買っていた私にとっては、救いの神だったのである。

お店で試着をして、入りませんでしたとか、丈を十センチ詰めてくださいなどと、若い店員さんにいうのはとても恥ずかしかった。だいたい当時のブティックと呼ばれていた、今でいうショップの店員の多くはお高くとまっていて、モデルか、店の服が難なく入るサイズの人しか、一歩たりとも店に入るなという目つきをしていた。私なんぞ、お前はなんで来たという視線を浴びたのも、一度や二度ではない。それをはね除《の》け、試着をして丈を直してほしいといったら、

「デザインのコンセプトが変わるので、直せません」

と拒否されたこともある。

それに比べてジーンズ店の親切だったこと。近所のジーンズメイトに行けば、店のおじちゃん、おばちゃんが私の体形に合う形を、膨大な量のなかから選んでくれて、股下を十センチ切ってほしいといっても、えっ、十センチも？　という、ブティックの店員のような軽蔑《けいべつ》の笑みも浮かべず、

「はい、十センチね。すぐやってあげるからね」

ととても感じがよかった。買うのも着るのも、一生、ジーンズとTシャツでいいと思ったくらいである。

このように高校から大学卒業までは、ブルージーンズかブラックジーンズ一辺倒だった。困ったのが代官山《だいかんやま》の広告代理店に就職が決まってからである。就活用の服もないので、自分で編んだ黒いタートルネックのセーターに、ブラックジーンズを穿き、黒いハーフコートを着て、面接試験に行ったら、受かってしまった。おまけに営業に配属され、社会人として相手に失礼があってもいけないので、あわてて服を買い揃えた。今まで着た経験がない、柔らかい風合いのブラウスやスカートを何枚も買った。靴も今まで履いていたような、安全靴みたいなのを履くわけにはいかないので、服に合う少しヒールのあるものを揃えていった。しかし家族からは、

「女装をしているようだ」

とても不評で、まったく同感だった私は反論ができなかった。そしてまたそういう服装が、私の精神状態と合わず、とても疲れることも発見したのだった。

半年後に会社をやめ、アルバイトなどで食いつないでいたが、どこも服装は気にしないでいいようなところばかりにした。二十三歳で就職した編集プロダクションは六本木《ろっぽんぎ》にあり、社員がみなきちんとした服装をしていたので、「女装」服を引っ張り出して着ていた。そしてそこをやめて二十四歳から三十歳まで、小さな出版社に勤めていたのだが、そこにいたときにはジーンズを穿いた記憶はなく、いつもスカートだった。男性ばかりの職場なので、女性を意識してというのではなく、事務所が靴を脱いで上がるタイプの部屋だったので、私のような胴長短足は、パンツスタイルで靴を脱がなくてはならなくなると、たとえ高いヒールではなく、フラットシューズを履いていたとしても、なんか変なのである。それと困ったときには助けられたジーンズとTシャツだったが、年齢を考えるとやはりそういう姿は普段着であり、会社に勤めているときは、そういう格好じゃまずいだろうと考えたのだ。

私はウィンドーショッピングが嫌いなので、この店と決めたらずーっとそこで購入するタイプである。当時は吉祥寺《きちじょうじ》に住んでいて、地元に気に入った店があったので、そこでずっと買っていた。といっても給料が安かったので、自作できないスカートや大物を買い、上半身に着る物は、夏場以外、自分で編んだセーターを着ていた。

物書き専業になって、多少金銭的に余裕が出てくると、すべてをその店で揃えるようになった。好きで買っていたブランドは、「アルベロベロ」「アルジャン」で、アルベロベロはポップで個性的な雰囲気が大好きだった。アルジャンは生地も仕立てもよく、値段もほどほどで、コート、ジャケット、スカートなど、基本的なアイテムは全部このブランドで揃えていた。裾《すそ》も手まつりで仕上げてあり、当時は丁寧な仕事をしている国産の洋服が、まだ残っていた。そして流行の移り変わりも今ほど激しくなく、同じ服を五、六年着ても、何の問題もなかったのだった。

三十代後半は「ロメオ ジリ」にしばらく凝って、パンツスタイルが復活した。ちょうどお尻が隠れる丈の、襟がつまったシャツブラウスも好きだったし、特にコートとパンツがお揃いという、なかなか婦人服では見ないセットも大好きでよく着ていた。四十代になると、体が入った場合のみ「ヴィヴィアン・ウエストウッド」、懐具合を気にしつつ「ジル・サンダー」などを経て、その後は「コム デ ギャルソン」がほとんどだった。若い頃のジーンズとTシャツと同じで、一生コム デ ギャルソンでいいわと思っていた。それが恐ろしいことに顔と合わなくなってきたのである。服はどれも素敵なのだが、五十歳になった私の顔とはどうも合わない……。おまけに体形からは老いの雰囲気が漂いはじめている。きちんとした服装をすると老け、デザインが凝った服を着ると若作りに見える。

「私に似合う服なんて、この世の中にあるのかしら」

頭を抱えてから今もずっと、暗中模索の日々は続いているのである。

三　羽織物あれこれ

季節の変わり目には、何を着ようかと本当に頭を悩ませる。特に二〇一〇年は猛暑続きだったため、外出する際には、人様に失礼のない範囲で涼しい服装、ということしか考えていなかった。九月に入ってやや気温が下がった日など、電車に五分ほど乗って買い物に行くのでさえ、いったい何を着ていいやら、混乱してしまった。Tシャツ一枚では肌寒いし、かといって長袖を着てしまうと、電車内、店内の冷房や外気との温度差にこまめに対応できるか心配だ。若いときは多少の気温の差はものともしなかったが、五十代も半ばになると、暑さ、寒さにこまめに対処しないと体調に響くことも多いので、侮れないのだ。

以前は季節に応じて服の素材も、綿、麻、ウールときっちり分かれていたが、化学繊維や混紡の技術の発達により、想像もつかなかった素材がたくさん出てきて、スリーシーズン着られるような素材が増えている。最近はどこに行っても冷暖房が完備されているし、外気の影響を受けるのは外を歩いているときくらいなので、昔のように夏は思いっきり涼しい格好をしたり、冬は分厚くて重い服を着たりする必要はなくなったのだ。

昔は秋から冬にかけて、肌寒くなると上にジャケットを羽織り、もっと寒くなるとその上からトレンチコートやオーバーコートを着たものだった。だからコート類の身幅やアームホールはゆったりした作りになっていたのが、最近はみな細身になっているので、細い体形の人でない限り、とてもじゃないけどジャケットの上からコートなんか着られないし、そうしなくてもいい環境になった。それよりも不安定な気候や温度差に対処できるように、薄手で重ね着ができて、脱ぎ着も楽なものが重宝だ。スリーシーズン対応ならばより好都合で、どうせお金を払うのなら、使い勝手がいいものに目が向くのは当然なのだ。

十数年ほど前、人と会わなくてはならなくて、何を着ようか頭を悩ませたとき、ジャケットがあれば万能ではないかと考えた。男性がスーツにネクタイをしていれば、どんな場でも礼を失しないように、とりあえずジャケットがあればと探してみたのだが、私のような背が低くてなで肩で二の腕が太い体形には、なかなか合うものがない。それに丈が長めのスカートしか穿かないときている。体の幅に合わせてジャケットを選ぶと丈が長くなり、背が低いのに長い丈のジャケットと長めのスカートはものすごくバランスが悪い。

探すのに苦労したあげく、ある店で相談したら、奥からストレッチ素材のものを持ってきてくれた。テーラードジャケットながら丈も袖も短めなコンパクトな作りで、一見、子供服みたいに見えた。店員さんが「伸びるので大丈夫」というので、体をねじ込むようにして試着してみたら、そのとおり、ぴったりではあったが着られた。これならいいかもと購入して何度か着たら、形状記憶合金まで織り込まれているのではと疑いたくなるくらい、脱いでも体形そのままになっていて、元に戻らない。どうやら思いっきりストレッチ素材を伸ばしてしまったらしく、ハンガーにかけても修復不可能で、まるで自分と同じ体形の透明人間が着ているかのような形でぶら下がっていた。そのうち伸びきった部分が、ところどころ擦れて白っぽくなってきたので、残念ながら三年ほどして廃棄した。

それからずっと細めのデザインの流行には拍車がかかり、ジャケットもどんどん細身になっていって、私には細いアームホールは腕に食いついているかの如《ごと》くきつく、袖幅もぱっつんぱっつんで、袖に腕を突っ込んだら最後、ギプスをはめたみたいに曲げられなかったことすらあった。Gジャンタイプや、カジュアルな素材のジャケットは見かけたけれども、それなりの場所で人に会うためのジャケットは、見つからなかった。実際には理想にぴったりのジャケットが見つかったのであるが、私が個人的に基準にしている、洋服の値段の範疇《はんちゅう》をはるかに超えていたので買えなかったのであった。

その後、コム デ ギャルソンでジャケットを見つけ、それを七、八年愛用してきたが、さすがに汚れが沈着して落ちなくなったので数年前に廃棄し、やはりジャケットはないよりもあったほうがと、ここ三、四年ほどは通販で買うようになった。値段は一万円から二万円の間で、夏場は麻、それ以外の季節はコットンストレッチ素材が多かった。最近のストレッチ素材は進歩していて、昔のような窮屈さも擦れもまったくなく、家に届いてすぐ着用するには問題ない。けれど、ワンシーズンに何度か着てクリーニングに出すと、「?」と首をかしげたくなる感じになる。著しく劣化しているわけでも、私の好みが変わったというわけでもないのに、洗うといまひとつ着る気がしない状態に風合いが変わってしまう。若い人はともかく、六十代の私が着ると、くたびれた雰囲気に包まれてしまうのであった。

なのでワンシーズンに着たとしても三回ほどだが、クリーニングに出した後は、不要な服を募集している団体に寄付することにした。他に着てくださる方がいるのはありがたいものの、こんな状態でいいのかと自己嫌悪に陥ったのも事実である。昔は一着を大切に着て、どうしても手放さなくてはならなくなったときは、断腸の思いであった。今の状態はただの着捨てと同じである。この程度の値段のものでも、何年も着用する状態を想定しておらず、とにかく洋服のメーカー側が、新しいものを次々に買わせようとしているのが、服の作りにも見えている。ずっと着続けようという愛着が持てない服を買うのは悲しいし、こんな私に買われた服も気の毒だと、ますます頭を悩ませるようになったのだ。

そうなると流行りすたりがあるジャケットではなく、形がかっちりと決まっていない羽織物のほうが便利に使える。体に合うジャケットを探すよりも、カーディガンを探すほうがはるかに簡単ではある。いっとき、良質のカシミヤのセーターとカーディガンのアンサンブルがあれば、気の張る場所にはパールのネックレスをつけ、カジュアルな場では下にジーンズを穿けば使い回せるといわれていたが、最近はそういうスタイルの人は、ほとんど見かけなくなった。どちらかというと、アンサンブルのように揃っているものよりも、単品を組み合わせるほうが今風のスタイルらしい。

今年も通販で購入したジャケットを寄付してしまった私は、電車に乗って外出するときに羽織るものがなくなった。そこで今までとはちょっと違うものをと、太めの生成りのコットン糸で編まれた、ラフゲージの手編みのボレロを買ってみた。平たく置いてみると、そろばん玉の形を上から見たようだ。いちばん出っぱった部分の両側に筒形に編まれた袖がついていて、一見、

「これはいったいなに？」

という形だ。縁編みは同じ糸の透かし編みになっていて、やや柔らかい雰囲気になっている。腕を通して羽織ってみると、ちょうど縁編みの部分が襟から曲線を描いて脇に流れるので、ボレロのようなスタイルになるのだ。後ろはちょうど腰あたりで、重力に

まかせてドレープ状になっている。この形で細い糸で編まれていると、ちょっとドレッシーすぎるのだが、太めのコットンでラフゲージなので、カジュアルすぎず、ドレッシーすぎずで、ちょうどいい感じなのだ。

これを着て何度か、気の張らない会食に出かけたが、袖丈も肘《ひじ》を隠す長さなので、合着としてはとてもよかった。ただひとつ問題なのは、かっちりとしたデザインでないために、ふと気がつくとボレロが肩からはずれそうになって、だらしない姿になっていたことだ。スカーフやショールならば、多少、肩からずれていてもそれが味になるけれど、やはり形があまり決まっていない服は、肩まわりの扱いが難しい。またもう一点、ラフゲージのニットだから仕方がないのかもしれないが、着ているうちに、重力に従ってどんどん編み目が伸びてしまい、家に帰ったときには、着丈が長くなっていた。

形が面白くて好きだけれど、だらしなく見えないように着るのに気を遣うなあと思っていたところ、某通販カタログの秋号が送られてきた。私は資料にする以外に、女性雑誌は買わないので、通販カタログで流行を知るのである。それを眺めていると、もちろんジャケットも紹介されていたが、ロングカーディガンが多かった。パンツ、スカート、レギンスに対応できるように、丈が長めで素材もまちまちだ。シンプルなVネックのロングカーディガンでも、素材がシルクとカシミヤの混紡で、共のベルトがついていたりすると、中にドレッシーなブラウスを着ればお出かけ着になる。襟幅がゆったりしていて前にボタンがなく、ただ羽織るだけで前身頃にドレープが出るようになっているカーディガンもあった。仰々しくない控えめなラメ入りの素材もあり、それだと夜の会食にも使える雰囲気で、デザインで変化をつけるというよりも、素材感でTPOに合わせられるようになっていた。

また、目を引いたのが、昔、寒い時期に女の人たちが室内で羽織っていたマーガレットのようにも使える、薄手のニットショールである。私は布地好きなので、スカーフ、ショール、ストールにも目がいってしまう。最近はこれらを「巻き物」と呼んでいるみたいなので、羽織物とはいわないのかもしれないが、羽織物プラス巻き物で、多少の気温差は乗り切れそうな気がする。そのショールの本体は長方形で、長辺の端についているいくつかのボタンを、向かい合った側のボタン穴にとめると、筒袖が出来上がり、そこに腕を通すとマーガレットのような形になる。そして長辺の同じ側のボタン穴にとめるとポンチョになるし、もちろん広げて肩にかけたりもできる。こういった薄手の布地感覚のもののほうが、着る人が太っていても痩せていてもサイズには関係ないし、自分で形に変化がつけられて、見た目も面白いかもしれないなあと、見入ってしまった。

流行にはあまり左右されないベストも、多く掲載されていた。季節によっては下にブラウスやシャツ、寒くなったら薄手のセーターと、重ね着がしやすい。私のように二の腕が太い体形でも、袖がないので全然OKだ。素材もボアやシルクを使い、デザインもさまざまで、どれもとても面白い。薄手のものであれば寒くなったら上にコートを着たり、ストールを巻いたら冬場も乗り切れそうだし、

「みんな、ジャケットみたいなかっちりとした羽織物の流行を追うのが、大変になってきたのかも」

と思いながら、興味津々でカタログのページをめくっていた。

ある時期、カシミヤのストールやショールが大流行したことがあった。値段もピンからキリまであり、そんなストールならば、いっそ羽織らないほうがましなのではといいたくなるような安手のものも売られていた。安手のオーバーコートを着ている人を見ても、そう感じないのに、安手の羽織物、巻き物を身につけている人を見ると、なぜか本人まで安っぽく見えた。コートのほうが大物なのに、まだ気にならない。それを思い出したら、気楽に羽織物を買えなくなってしまった。羽織物が活躍する期間は長いが、大人としては、選ぶのも買うのも大変だということを、肝に銘じたのであった。

四　永遠の靴問題

寒くなってくるとやはり足元はブーツが温かいが、街を歩いている若い女性を見ると、年中ブーツを履いている。猛暑まっただなかの八月、裸同然のタンクトップと薄地のショートパンツ姿なのに、足元は真っ黒でフリンジがたくさんついたブーツを履いている女性を見て、

「流行なのかもしれないが、気温三十六度であれはないのでは」

と、どっと汗が噴き出したのを覚えている。ただ、夏場のブーツの愛用者に聞くと、冷房がきついので、ブーツを履いていると足元が温かく、体のためによいのだという。それならば下着のパンツとたいして変わらないようなものを穿かないで、脚を覆うデザインのパンツかスカートを穿けばいいのに、そうはしない。複雑な女心なのである。

私はほとんどブーツを履かない。というよりも履けない。とにかく甲高幅広でふくらはぎが太く短足ときているので、靴という履物が合わない脚をしている。なので膝下を覆うロングブーツを選ぶとなるとものすごく大変で、それを考えると冬場の外出の際は、

腰回りを温かくして厚手のタイツを穿いて、幅広の楽ちん靴を履いている。私がロングブーツを履いたのは、大学生のときで、それ以来、レインブーツではないブーツは履いていない。そのロングブーツを選ぶのも大変だった。シンプルな、ジッパーで開閉するものが欲しかったのだが、試着したブーツのジッパーは、みなふくらはぎの下までしか上がらず、どんなに余った肉を押し込んでも、それ以上は上がらなかった。それを見た靴店のおじさんは、

「おじちゃんがちょっとやってみる」

といい、

「うー、うー、うーん!!」

とうなりながら、渾身《こんしん》の力を込めて両手でブーツのふくらはぎ部分を伸ばしはじめた。みるみるうちに彼の顔は真っ赤になり、これでは痔《じ》になってしまうのではと、あせった私は、

「も、もういいです。別のデザインを探しますから」

といった。すると彼は、ふうっと大きくため息をつき、額に浮かんだ汗を手の甲でぬぐいながら、

「そ、そうだね。そのほうがいいかもしれないね」

といい、少しよろめきながら、編み上げタイプを持ってきてくれた。

これは筒幅が紐《ひも》で調節できるため、履く際に時間はかかるが、太い脚の持ち主にはありがたい。これでも幅が足りなかったらどうしようと暗い気持ちになったが、幸い、編み上げタイプは履けた。私よりもおじさんが、

「これはいい。これならぴったりだねっ」

と喜んでいるのを、複雑な思いで見ながら、金具が前面にずらっと並んでいる、シンプルではないタイプのブーツを買ってきたのだった。

好みとは多少違うといっても、そのロングブーツを履くと、当然ながら温かく、脚もすっきり見えた。気に入って冬場に長めのスカートと合わせて、ずっと履いていたのだが、ある日、家に帰ってびっくり仰天した。スカートの裾上げが全部ほどけていたのである。いったいどうしてとよく調べてみたら、歩くときに裾上げの糸がブーツの金具にひっかかり、そこからぴーっとほどけてしまっていたのだ。丁寧に手で裾をまつっているとそうはならないが、ミシンで簡単に裾上げをしてあったので、気がつかないうちに、とんでもないことになっていたのである。私はバスに乗ったり、電車に乗ったりと、学校への行き帰りの道中を思い出しながら、

「恥ずかしーい」

と頭を掻《か》きむしった。今ならば、

「あーら、やだ」

で済むけれど、まだ二十歳そこその娘であったので、外見がみっともないのは、死ぬほど恥ずかしいことだった。それ以来、編み上げブーツは履かなくなった。

それから何年も経《た》って、ロングブーツを物色したものの、相変わらず私の脚に合うものを探すのは困難だった。問題のひとつはある時期から導入された、靴の「ワイズ」である。それまでは長さだけだったのが、Eとか2Eなどの幅の表示もされるようになった。客にとっては判断基準が明確になって親切なのかもしれないが、長さが22・5センチで幅広の私にとってはありがた迷惑だった。採寸してもらったら、身長が低いのにワイズがいちばん広い3Eだったからである。展示してあるブーツを見て、素敵だなと思うと、だいたいが2Eだ。私のワイズに合うものを出してきてもらうと、ブーツというよりも、

「ただの黒い革の長靴」

といった雰囲気になり、おまけにジッパータイプはこれまた相変わらずふくらはぎが入らず、ニーハイタイプでもないのに、長さは膝上……。

(これじゃあ、脚が曲がらんじゃないか)

泣く泣くブーツはあきらめた。

それからまた月日は過ぎて、冬場のパンツスタイルのときに履く、ショートブーツは購入したものの、ロングブーツとは縁がない。筒が太いバックスキン素材の、もこっと

したブーツも流行っているが、私がそれを履くと明らかに「老けた雪ん子」になるので、私の選択肢にはない。ロングブーツ探しにはへとへとになり、私の人生には関係ないものになったのであった。

ところがロングブーツだけではなく、普通の靴でさえ、選ぶのが困難になってきた。いつの間にかワイズ表示が変わってしまったらしく、私のワイズが3Ｅから4Ｅになってとても腹を立てている。そんなはずはないとあまりに悔しくて、デパートでこっそり、これまでの私のワイズだったはずの3Ｅのパンプスを履いてみたら、幅がぱんぱんだった。そしていかにもおばちゃん向きデザインの、4Ｅのパンプスを履いてみたら、これがシンデレラのガラスの靴のようにぴったりなのである。

「ふっ、不愉快だわっ」

後も見ずに帰ってきた。

たしかに最近の若い女性の足を見ると、外国人のように幅が細く、すーっとしている。私みたいな足ひれのような形の人はほとんどいない。彼女たちのサイズが2Ｅとなると、私が4Ｅというのも納得せざるをえないが、現実的に選択できる靴がとても少ないのは事実なのである。そのうえ幅広でお洒落な靴というのはとても少ない。スニーカーはともかく、外出するときには主に、ドイツの「ビルケンシュトック」を履くことが多いけれど、それでも同じデザインで色違いが欲しくても、ワイズがなくて色が選べるのが黒しかなかったり、靴選びに関してはお先真っ暗なのだ。

あるとき雑誌を眺めていたら、幅がゆったりしていて、とても履きやすそうな人気の靴が紹介されていた。履いていたのがつけまつげごってりで、ミニスカートの女性ではなく、いわゆるナチュラル雑貨系ファッションの、シンプルな装いの女性だったので、これはひとつ試してみるかと、デパートに行ってみた。とにかく今では4Eの烙印《らくいん》を押された、見事な幅広足になってしまったので、なるべく目立たないように事を済ませようと、店員さんがみな忙しく接客しているのを確認して、棚からこっそりとそのメーカーの靴を取り出して履いてみた。

つま先が丸く、甲部分には幅広のゴムがついている。旅先で使うルームシューズの形に近い。革が柔らかいために足になじみ、靴底は薄くぺったんこ。試着用は24センチなので、私の足にはもちろん大きいけれど、全体的な印象としては、革が柔らかくて履きやすい感じもするし、底の薄さが履きにくい気もする。ふと横を見ると、エナメル素材の人気のバレエシューズが置いてあったので、どんなもんかと足を押し込んでみたら、これがまたまったく、甲高幅広4Eの足には似合わない。足におかめのお面を履いていているような感じだったので、そそくさと脱いで、さきほどの靴をもう一度履いていると、接客を終えた店員さんがにこやかにやってきた。

「えーと、足の幅が広くて……」

もごもごと口ごもっていると彼女は、サイズをお持ちしてみましょうと、すぐに持ってきてくれた。22・5センチを履いてみたら幅がきつく全然ゆったりしていない。23センチも幅がつっぱらかっているのが一目瞭然《りょうぜん》で、やっと23・5センチで幅が収まった。店員さんは、この靴は甲の部分が幅広のゴムでできているので、サイズが大きくても脱げないし、つま先に詰め物をして履いている人もいるというので、この靴を購入した。

一週間後、外出する用事があったので、私はこの靴を取り出した。雨が降ってはいたが、どうしてもゴム デギャルソンの服に合わせたかったのである。店員さんがいったとおり、甲が幅広ゴムで固定されているため、歩くのに不自由はなかった。そしてまた一週間後、打ち合わせのために外出するのでこの靴を履いた。そして駅までの住宅地を歩いているとき、どこからか、「ブイッ、ブイッ」と妙な音がする。いったい何だろうときょろきょろし、立ち止まって耳をすますと音は止まる。首をかしげながら歩き出すと、また音がする。

「何なの、いったい」

住宅地の路地で、何度も立ち止まったり歩いたりを繰り返しながら、音の出所を調べた結果、それが私の足元から発せられていたのがわかった。歩くたびに靴のすきまから空気が漏れて、まるでおならのような音が出ていたのだ。

「げげっ」

普通に歩いても、ゆっくり歩いても音がする。もしかしたら走れば音がしなくなるかもと、路地を走ってみたら、「ブイブイブイブイッ」と五連発である。どうして前に履いたときに気がつかなかったのかと考えたら、雨が降っていたので雨音に音がかき消されたらしいのだ。約束の時間に遅れるので、家に戻って履き替える時間もない。とにかく周囲の人にこの音が聞こえないように、歩きながら靴の中の足を、つま先側に目一杯押し込んでみたり、逆にかかと側にくっつけたりしてみたが、何をやっても「ブイッ、ブイッ」という厄介な音は止まらない。人通りがほとんどなかったのが幸いだったが、心の中で、

（おならじゃないのよ。私じゃないのよーっ）

と叫びながら、こそこそと道のはじっこを小走りに歩いていた。

電車から降りたら、人通りの多い所を歩くのにと心配したが、どういうわけか目的地に着いたとたん、歩いても音はしなくなった。柔らかい革なので、靴が足になじんで空気が漏れなくなったのだわとほっとした。ところが帰宅するために電車に乗り、最寄り駅に降りたとたん、また「ブイッ、ブイッ」がはじまった。さっきまでおとなしくしていたのにと腹が立ってきた。とにかく人がいないときに、何十連発ものブイブイ音を発しながら走って距離をかせぎ、周囲に人が来ると、鞄《かばん》の中を探すふりをして立ち止まる、を繰り返しながら、やっと家に戻った。ぐったりした。

私は脱いだ靴を手にとって眺めた。歩き方を変えたわけでもないのに、目的地で音がまったくしなかったのは、なぜなのかはどう考えてもわからない。せっかく購入した評判のよい靴ではあったが、私にとっては神経を遣う「おなら靴」でしかなかった。私よりもずっとこの靴を履くにふさわしい人がいるに違いないと、靴はバザーに提供した。今は誰かの愛用品になっていることを願うばかりである。

五　コート選びは妥協せず

現在、私が外出用に持っているコートは、ベージュのボンディング加工のライナーつきハーフコート、リングツイードのオーバーコート、不祝儀用の黒いコートの三枚である。ハーフコートはふだんの買い物や散歩のときも着るので、袖を通す機会がいちばん多い。

黒いコートは前から持っていたが、他の二枚のコートを買う前は、十二年ほど前に購入した明るめのブルーのカシミヤのハーフコートを着ていた。半裏だったので春先も着られる重宝なものだった。袖口が擦れてカシミヤの毛がなくなった部分を隠すために、最初は袖丈をちょっと長めにしてもらって、自分で袖丈を詰めてずっと着続けていた。着用後には必ずブラシをかけ、大切に着ていたのであるが、とうとう生地に艶《つや》が失われ、汚れも取れなくなってきたので、八年間、目一杯着て泣く泣く処分した。「いつもそれを着ている」と笑われても平気なくらいに、大好きなコートだった。

冬場は次のコートが見つかるまで、なるべく外出しないようにしていた。どうしてもしなくてはならないときには、ずっと前から持っていた不祝儀用の黒いコートを引っ張り出して着ていたが、金具は一切なくボタンもつや消しで、すべてが控えめなので、どうしても地味で暗い雰囲気はまぬがれない。スリーシーズン着られる、レインコートも兼ねたライナーつきのコートを通販カタログで見つけたときには、やったーっと叫びたいくらいだった。

このコートはボンディング加工を施されているので水をはじき、ライナーをつければ寒風が吹いても風を通さず、スリーシーズン着られる。丈もちょうどよく妙にウエストも絞られておらず、どこも直さずに着られて重宝するコートではあったが、スカート丈や着ていく場所を考えると、ちょっとカジュアルな気もしたので、人と会うときに失礼にならず、そして無地ではなくて着て楽しくなるような、膝丈のコートが欲しいなと思っていた。外出時にショップのウィンドーを見ると、ディスプレイしてある時点ですでに、絶対に入らないのがわかるコートばかりが並んでいる。何軒もの店をまわっても、細身で好きになれないデザインばかりで、どこに行ったら欲しいコートに出会えるのだろうかと悩んでいた。

ブルーのハーフコートを買ったショップは、置いてある服がほとんど無地なので、私がイメージしているものはないだろうと思いつつ、のぞいてみたら、ハンガーにかけてあった一枚のコートに目が釘付《くぎづ》けになってしまった。それが今、手元にあるリングツイードのコートで、焦げ茶、薄紫、水色、グレーが混じり合った、とてもいい色合いなのだ。またデザインが、高くないスタンドカラーで、身頃も多少はウエストが絞ってあるもののゆとりがあり、ラグラン袖なので流行にも関係なく、シンプルなのに古くさくない。丈も膝下でぴったりだ。

「これしかない！」

吸い寄せられるように試着してみると、外見よりもずっと軽くて温かい。予算はオーバーしたけれども、こんなに気に入ったコートには今後出会えないだろうし、これからずっと着続けようと購入した。最初は当初の丈のまま着ていたが、膝上にしたほうが用途が広がるのではないかと、のちに近所のテーラーで丈を詰めてもらったら、ジーンズなどのパンツスタイルともバランスがよくなってきて、着る機会が増えた。

そしてありがたいことに、そのコートを着ていると、みんなが褒めてくれるのだ。

「いらなくなったら、いただけませんか」

とすでに三人にいわれている。たしかに大枚をはたいたかもしれないが、自分も着ていて気分がよく、そして周囲の人にも褒めてもらえる。あきらめずに探し続けてよかった。安易に妥協して、中途半端にお金を使わなくてよかったと、心からほっとしたのだ。

不祝儀用、ボンディングコート、リングツイードの三枚があれば十分なので、毎年、冬が来てもコートを新調するなど、考えていなかった。ところが先日、ボンディングコートを見たら、どことなく全体がすすけているように感じた。購入してから気になったときに襟や袖口を、ブラシに石鹸《せっけん》をつけて部分洗いをしていたけれど、やはりクリーニングに出さなくてはだめかと、店に持っていったら、昔ながらの手仕上げをしている店の奥さんに断られてしまった。

「こういった加工がしてあるものは、万が一、何かあった場合、うちでは責任がとれないので」

「ボンディング加工はクリーニングができないのですか」

「そういうわけではないんですが。購入したお店でクリーニング店を紹介してもらうのが、確実だと思います」

いい買い物をしたのは間違いないのだが、通販で買ったという事情もあり、簡単にクリーニング店を紹介してもらえるというわけにはいかない。私は仕方なくコートを持ち帰り、手洗い可とあったので、襟や袖口を石鹸をつけたブラシでこすり、盥《たらい》で洗ってみた。ネットにいれて短時間脱水したら、ややくたっとした状態になった。

これで何とかなるかしらと乾いたのを見ると、目を近づけないとわからないけれど、生地のところどころが白くなっている。爪《つめ》の先でこすってみると、その白い部分が広がっていく。加工が剝《は》がれたのかどうかはわからない。しかし全体の汚れも、結局はきれいに落ちなかったので、四年間、頻繁に着たけれど、この分ではこのコートは今シーズン限りだろう。

もし新しいコートを買うとなっても、大好きなリングツイードのコートのように、これというものに出会えるかどうかわからない。素材が綿でもウールでも、当然ながらコートは何枚か服を着た上に着るものである。コートの中が裸というのは、変態の兄ちゃん、おっさんくらいのものだが、相変わらず最近のコートもとても細身にできているので、着てうれしいコートが見つかるのかと不安になる。たとえばオーバーの場合、かってはレディース物でも、ジャケットを着た上に着られるように、すべてがゆったりと作ってあった。しかし、

「いったいこの下に、何を着たらいいんでしょうか」

と問いかけたくなるくらい、細身のものが多い。変態のおっさんみたいにパンツすら穿けないのではと、首をかしげるくらいに、見るからに細いコートもあるのだ。

先日、待ち合わせ時間まで少し余裕があったので、駅ビルにあるショップで、綿のコートを眺めていたら、若い店員さんが試着を勧めてきた。ベージュのステンカラーで、ウエストがきゅっと絞ってあってベルトがついている。

「ウエスト部分が、私の体形には難しそうですけど……」

といちおう断りをいれつつ、後学のために試着してみた。そのとき私はカットソーを着ていたのだが、肩幅は広いのにアームホールがとても小さくて、腕の動きが妨げられ

る。またウエストはなんとかカバーできたものの、下腹がぱっつんぱっつんで、カットソーでこんなにきついのでは、セーターなどは、とてもじゃないけど着られない。

あまりに細いので、

「こんな細身だと、どんなものを下に着ればいいんですか」

と店員さんにたずねてみた。

「みなさん、ブラウスやカットソーの下に、保温性のある肌着などをお召しになっているようです」

とても薄い保温性のある肌着が売れるはずである。

「私のように下腹がきっつきつの場合はどうしたらいいんでしょうか」

下腹を叩《たた》きながら聞いたら、彼女は、

「それでしたら、前を開けてお召しになってください」

とにっこりする。店員さんというのは、どう攻め込まれても対応できるように、訓練されているらしい。

「たとえば、このコートの下にブレザーのようなジャケットを着るなんて、絶対に無理ですよね」

「ああ、それは無理ですね」

「それではジャケットを着た上にコートを着たい場合はどうしたらいいのですか」

彼女は困った顔で黙ってしまった。

すると私たちのやりとりを見ていた年配の店員さんが、

「今はそんな着方はしない方がほとんどですよ」

と口を挟んできた。

「でも、仕事の関係で、スーツやジャケットが必要な人もいますよね。そういう人たちは、寒い日でもコートは着ないんでしょうか」

我ながらしつこいなと思ったが、やはりふだん感じていた疑問を、販売のプロにぶつけたかった。

「ケープやマントでしたら大丈夫ですね。それか、大判のストールをスーツの上に羽織られるんじゃないでしょうか。今は寒ければタクシーを使うか、車を運転して出勤なさるし、昔のように寒いなかを歩き回る必要も少なくなりましたから」

私が「はあ」と生返事をしながら、

(そんなにみんな、寒いからって車を使うのか?)

と首をかしげていたら、若いほうの店員さんが、

「そういえば、スーツのジャケットは会社に置いておいて、通勤にはコートを着て、会社で羽織ると聞いたことがあります」

と教えてくれた。

「そうね、そういう方もいるわね」

店員さん二人は、試着をしてコートを買わなかった私のしつこい疑問に対して、無視せずに答えてくれた。そのうえ、コート下に着られるというジャケットを見せてくれたが、私はそれを見て、

「ははあ、なーるほど」

とうなずいた。ジャケットはさまざまなデザインがあるのだが、ツイードに見えるような素材なのに、触ってみるととっても薄い。素材もアクリルをはじめ合織がほとんどで、ウールはほんのちょっぴりしか入っていない。これだけ薄手だとコートの下に着られるし、本人はどうだかわからないが、傍目《はため》には温かそうに見える。つまり流行の細身のコートを買う、あら、今までの服を下に着るときついわとなると、

「こういうものがございます」

と一見、温かそうに見える超薄手のジャケットを勧められる。結果、じゃあそれもいただくわということになって、業界が潤うしくみになっていたのだ。でも私はそのしくみのなかに取り込まれたくない。相手の思うつぼに、はまりたくないのだ。

外を歩いている人を見ると、ダウンのコートを着ている人も多いが、私はダウンが苦手だ。私のような、もこっとした体形の人間が着ると「もこっ」の二段重ね、三段重ねになって、どうもすっきりしない。ステッチの入り具合によって印象が変わり、菱形《ひしがた》は

ホームウエアっぽいし、四角だと羽布団だし、曲線のステッチが妙に体の線に沿わせてあるうえに、色がグレーだと宇宙服みたいに見える。フードの縁や襟に、安っぽい毛皮がついているデザインが多いのも許せない。

コートに関して、再び運命的な出会いがあるか、それとも今後は着物で生活していくつもりなので、損失補塡《ほてん》はなしにするか。とりあえずよれっとしたボンディングコートを着つつ、私は寒風のなかで思案中なのである。

六　決め手はヘアスタイル

ヘアスタイルが、実はファッションよりも大切だと気づいたのは、つい最近のことだ。これまで私は、とにかく手入れが楽なヘアスタイルに徹してきた。毎日ブラッシングをしたり、出かける前に自分で巻いたりまとめたりという行為を上手に、また嬉々《きき》としてするのは、女性らしい姿なのかもしれないが、私はそういった手入れが苦手だった。なので髪の毛を洗って乾かし、簡単にブラシでとかしておしまいという、安楽な髪型しかしてこなかったのだ。

子供の頃は、いつも肩に届くか届かないかくらいの長さにしていて、少女漫画に登場する、西洋の金髪のお姫様のくるくる巻き毛に憧れていた。ためしに母親のヘアカーラーを取り出して髪の毛を巻き、これでお姫様になれるのではと、期待してカーラーをはずしてみると、西洋のお姫様どころか、作曲家のハイドンのようになってしまい、悲惨な結果になった。泣く泣くその髪型で小学校に行ったが、同級生にどれほどからかわれたかは、ご想像のとおりである。

中学生のときは運動部に所属していたので、ショートカット一辺倒で、絵に描いたような運動部の女子だった。高校生になると、さすがにこのままでは彼氏もできないだろうし、少しは女らしくしなくてはと決断し、一転して髪の毛を伸ばしはじめた。髪の毛が長ければ男の子にもてると勘違いしていたのである。体重がどんどん増えるにつれて、髪の毛もどんどん長くした。本人はデブになった分を、髪の長さで補おうとしていたのだが、今から思えば何を考えていたのかと、我ながら呆《あき》れかえる。テレビで長州小力《ちようしゆうこりき》を見たとき、当時の自分が蘇《よみがえ》ってきたのかとびっくりした。

「私って、こんなふうだったんだなあ」

とため息をつき、できることなら当時の同級生の頭の中から、相撲の新弟子のような姿を消し去りたいくらいだ。

大学に入学すると、ボブカットが流行りはじめた。真っ黒い髪の毛で、自然に内巻きになる癖がある私には、平たい顔も幸いしておかっぱ頭がぴったりだった。それまでは真ん中分けにしていたのを、美容院で前髪をぶっつり切って、長さも顎《あご》くらいにカットしてもらったら、あっという間に流行のヘアスタイルになった。

他人が見て変な格好でも、芸術学部の学生だからといいわけができるので、ウエッジソールの靴を履いて、身長を八センチ底上げしたり、ベルボトムジーンズに合わせて、ヒッピー風のスモックブラウスを着たときもあった。しかしお洒落よりも、やはり本やレコードのほうに興味があり、結局、Tシャツ、トレーナー、寒くなったら上にセーターを着る安直なファッションになった。それでもボブカットだと、それなりに見えたのである。

そのおかっぱ時代はずっと続いた。長さの変動はあれど、三十代後半まで続けていた。おかっぱは多少伸びてもそれほどみっともなくないので、私のような面倒くさがりにはぴったりだった。ところがヘアスタイルの流行りすたりも早くなり、おかっぱは流行からはずれ、とても野暮ったく見えるようになった。流行のヘアスタイルは、カールやカラーリングなど、脱日本人系になっていき、土着日本人の私は、流行から離れるしかなかった。小さな盥の舟に乗せられて、島の港から少しずつ沖に流されていくような寂しい気持ちになり、どうしていいかわからずに、髪が伸びたら後ろで一つにまとめていた。

さすがにこれはひどいと、意を決して一度だけ、南青山《みなみあおやま》のカリスマ美容師にカットしてもらったことがあった。切ってもらうまで順番を待つこと二か月、仕上がりに大満足して、次の予約をいれようとしたら、四か月待ちといわれてあきらめた。なんとかしなくてはと思っていた矢先、たまたま撮影で知り合ったヘアメイクの女性が、家に出向いてヘアカットをしてくれるというので、それが今もずっと続いている。

一度、ショートカットにすると、よほどのことがない限り、ショートボブにすら戻れない。昔はあれだけ長かったのに、今ではちょっと伸びても鬱陶《うっとう》しくなる。そういう話を、いつもノーメイクで、ショートにしている友だちに話したら、

「でもね、私たちの年齢で、極端なベリーショートにするのも考えものなのよ」

といわれた。彼女が三センチくらいの短さにカットしたとき、明るい色も暗い色も、手持ちの服がすべて似合わなくなり、似合うのはパジャマだけになった。会社から帰って彼女の後ろ姿を見た旦那さんからは、

「怪しい男が忍び込んでいる」

と驚かれた。おまけにカットした翌々日に義父が急死して、急遽《きゅうきょ》、喪服を着るはめになり、高校球児が黒紋付きを着ているようで、とても居心地が悪く、

「何だかなあ」

とため息をついていたらしい。なのでベリーショートにする場合は、化粧などに気をつけないと、ちぐはぐになってしまうといわれたのだ。

ヘアスタイルの選択は、なにを着るかよりも難しい。服のサイズについては、私もあれこれ書いているが、自分の好きなデザイン、好きな布地でオーダーすれば問題は解決する。しかしヘアスタイルはそうはいかない。どうあがいても、延々と金髪が生えてくるようなDNAにすることも、毛根の数を増やすことも、毛流やつむじの位置を変えたりすることもできない。とても制限されたなかで、自分に似合うヘアスタイルを選ぶわ

けだが、それは何十通りもあるわけではない。洋服はさまざまなデザインが着られるが、頭にくっついたヘアスタイルは、いくらアレンジをしようと、バリエーションは限られる。それを打破したい人は、ストレートパーマをかけたり、カラーリングをし続ける。ウィッグは、DNAによって決められた自分の髪質ではできないヘアスタイルをつくるための、大切なアイテムなのだろう。

他人に迷惑をかけるわけではないので、みな好きなヘアスタイルを楽しめばいいけれど、私が苦手なのは中高年女性のロングヘアのダウンスタイルである。長くてもきちんとまとめている人は素敵だけれど、若い女性のように髪を巻き、なびかせているのがだめなのだ。ヘアサロンでこまめにトリートメントをしてもらい、カラーリングで白髪を隠したうえに、ハイライト効果も施し、スプレーをしこたまかけて、輝きを演出しているのだろうが、だいたいの場合、顔と合っていない。髪の毛と肌を比べると、明らかに肌が置き去りになっているのだ。

「ちょっと無理してないですか」

そう小声でいいたくなる。ロングヘアの巻き毛スタイルが大好きな女性たちは、いつまでも髪をきれいに保つような努力をし、経費もかけているのだろう。私のように最低限のメンテナンスしかしておらず、面倒くさがりのほうが女性としてはまずいだろう。でも中高年でロングヘアのダウンスタイルにしている女性は、性格的にやっぱり私とは合わないタイプだと思っている。

何年か前から、日本人のカラーリングは当たり前になった。私は部分的に白髪が集中して出てしまったので、最初はとても気になり、インドのヘナとインディゴを混ぜたものが、濃く染まるというので、それを使って白髪の部分だけを染めていた。粉を紅茶で溶いてペースト状にし、白髪に塗って定着させている間、抹茶のような匂《にお》いが漂っている。それを見たうちのネコは、飼い主の頭部の変化を感じ取ったらしく、その部分をじーっと見つめながら、

「うわあ、うわあ」

と鳴き続けていた。

「かあちゃんの頭に変なものがついてる」

と訴えていたのかもしれない。

そんなネコの態度が面白いのと、ヘナは使う人の体質によって、同じ配合でも違う色になるのが面白く、中にヨーグルトを混ぜたり、お湯だけで溶いてみたりして、しばらく続けていた。それ自体は実験のようでとても楽しかったけれど、ある時、どうしてこんなことをしているのだろうと我に返った。白髪は元には戻らないのだから、一度染めたら、延々と染め続けなくてはならない。これから何十年もである。白髪を染めるという行為が、私にとっては前向きというよりも、後ろ向きの行為に感じられてきたのだ。

生えてくる白髪との永遠の闘い。それを考えたらうんざりしてきて、私はその後、一切、染めるのをやめた。一部分が白髪だから目立つのであって、全体が白髪になってくれれば問題はない。私は早く全体的に白髪が出てくれないかと、そればかりを願っているのだ。

結局、私は長期に亘《わた》って、ヘアサロンには行かなかったが、ヘアメイクの女性の都合が悪くなった時期があり、二回、近所のヘアサロンで、シャンプーとカットをしてもらった。十数年ぶりに聞いた、

「どこか、おかゆいところはございませんか」

に、ちょっと笑いながら、シャンプーをしてもらう快適さに浸っていた。スタイルは変えずに、伸びた分だけのカットを頼むと、初回の客なので、切りすぎてクレームがきたらまずいと思ったのか、技術は上手だったものの遠慮ぎみのカットだった。すぐに伸びてしまったので、もっと切ってもらってもいいですというと、希望通りすっきりと切ってくれて満足した。しかしそれだけでは終わらず、カット担当の女性が、カラーリングをしたほうがよいと熱心に勧めはじめた。肌が弱いのでなるべくしたくないし、白髪があるのがいやではないのだと話すと、ヘアマニキュアだと白髪だけが染まって艶も出るし、肌にも影響がないという。

「はあ、そうですかあ」

こういうのが面倒なんだよなあと、私は腹の中でつぶやいた。美の探求者であれば、貪欲《どんよく》にチャレンジしていくのだろうけれど、私としてはシャンプーとカットをしてもらえれば、それで十分なのだ。お店の事情としては、あれこれ勧めるのはわかるけれど、自分がしたくないことはしたくないのだ。

たとえば服装が流行のファッションでなくても、ヘアスタイルががんばっているふうでもなく、本人によく似合っていると、とても素敵に見える。時には洋服よりも個性を引き出すパワーがある。一方、流行のファッションを着ていても、ヘアスタイルが伸びたのを放置したままの、セミロングだったりすると、いまひとつという感じになってしまう。セミロングがいちばん無難で楽ちんなのは私も重々わかってはいるが、中高年になったら、放置したセミロングは外出のときにはちょっと問題かもしれない。自分でやるか人の手を借りるか、どちらかを選ばないと、垢抜《あかぬ》けない雰囲気が漂ってしまう。

ショートは三週間でカットしないと、スタイルが維持できないといわれているのに、私のカットの頻度はふた月に一度である。カットから二か月近くが経つと、ショートでも軽さがなくなって、もっさりしてきて、まるで頭にかぽっとお椀《わん》をかぶせたようになる。ぼさぼさではないので、だらしなくは見えないけれど、動きも軽さもない、どんぐりみたいな頭もちょっとまずい。

「いくつになっても、女って面倒くさいものなのね」

といいつつ、カットしてもらうとすっきりしてうれしい。こういう気持ちを持ち続けていないと、正しいばあさんにはなれないのかもしれないと、いつも反省するのである。

七　格上げは小物で

ファッションのなかで、小物はコーディネートの重要な部分を占めるという。服が今風ではなくても、アクセサリーやバッグが流行のものであれば、それなりに見えると雑誌等に書いてあるのを読んで、なるほどなあと感心したものだった。

私が若い頃はお金もないし、本を買うのを我慢してまで、ファッションにお金をつぎ込む気はなかったので、たまたま見かけたアクセサリーやバッグが気に入ると、懐具合と相談して購入するくらいだった。

二十四歳から六年近く、小さな出版社で事務の仕事をしていたときは、経理や編集の進行業務のほかに、本を移動したり梱包《こんぽう》して発送したりするのも仕事のうちだったので、アクセサリーを身につけると、かえって邪魔になった。ただひとつだけ、値段は安かったけれど、とてもよくできている、直径七ミリの偽パールの短めのネックレスは、肉体労働がない日につけていたように思う。

当時、会社からの帰りには必ず、書店と古書店を何軒かまわって本を買っていたので、単行本を最低五冊は詰め込める、大きなショルダーバッグが必需品だった。化粧直しの道具は一切、持っていかなかったが、読みたい本のリストは必ずバッグの中に入れていて、それを見つけて買って帰るのがいちばんの楽しみだった。

出版社をやめて物書き専業になると、少し状況が変わってきた。取材を受ける機会が多くなり、撮影があるときは、見た目にも気を遣わなくてはならない。いちおう撮影用の服も何着か購入したのに、読者から、

「雑誌の○○と△△で着ていた服は同じでしたね」

と指摘した手紙をもらい、

「あら、そうだったのかしら」

とびっくりした。ちゃんとしている人だと、撮影のたびにダブらないように何を着るかを考えるのかもしれないが、そこまで気がまわらずに、適当に着ていったら、いつも同じ服を着ているみたいになってしまった。そうはいっても撮影のたびに服を買うのももったいないし、派手なプリント柄ではなく、無地物ばかり着ているので、アクセサリーやスカーフなどで変化をつけたほうがいいかもと反省したのだった。

それからまじめに小物選びをはじめたのだが、これがまた難しい。写真に撮られるのはだいたいウエストから上なので、首まわりが重要になる。指輪よりもネックレスやスカーフのほうが効果があるので、その二種類を重点的に探してみたが、洋服と違ってサ

イズは関係ないといっても、実は洋服と同じように、自分に似合うものを見つけるのは難しかった。

いくらデザインが気に入っても、身につけてみると、いまひとつ。雑誌の「アクセサリーの選び方」などを見ると、私のように背が低いタイプだと、大ぶりなものよりも、ベビーパールや華奢《きゃしゃ》で繊細なアクセサリーが似合うと書いてあったりしたけれど、私はその手のものが、まったく似合わない。性格が「華奢で繊細」じゃないからだろうが、そういったデザインのものを試着すると、それを見た友だちが「女のふりしてる」と笑うくらい似合わないのだ。かといって大ぶりなものは、寸足らずの体には目立ちすぎるし、いいバランスのものを見つけるのは一苦労だった。おまけに当時は肩こりがひどかったので、ネックレスの重さも問題になる。ああ、あれがあったと、久しぶりにお気に入りの偽パールのネックレスを取り出してよく見たら、さすがに経年劣化は免れず、パールのコーティングが見事に剝げて、変色していた。それでアクセサリーを見つけるのはあきらめ、対象を、重さが負担にならないスカーフへと移したのである。

もともと布が好きなので、あこがれの「エルメス」に行ってスカーフを見たとき、プリントの美しさに感激した。ところがちっこい日本人の私には似合いそうなものがとても少ない。それでも何とか使いやすそうな色柄を選んで、結び方を練習して巻いていた。最初は布の張りが強く、私の短い首に巻くと、首いっぱいにボリュームが出るけれど、大切に手洗いして水を通すと、ほどほどにこなれてきて、とても使いやすくなるのが、着物に通じるところがあって、それもうれしかった。四十歳をすぎると、今までよりもっと、洋服よりも着物のほうに重心がかかっていったので、エルメスのスカーフとも縁遠くなった。そして取材を受けるのも面倒になって断るようになったので、撮影用の服は必要がなくなっていたのだった。

雑誌などで公には顔をさらさなくても、編集者との打ち合わせや会食はある。カジュアルな店の場合もあるが、男性のジャケット着用相当の服装は必要だ。着物で行けば問題ないけれど、私が紬《つむぎ》を洋服と同じ感覚で着ていても、先方がとても気を遣ってくれたりすると申し訳なくなる。かといって若い人ならともかく、五十代も半ばの大人が、それなりの店に木綿の着物で行くわけにもいかないし、これまたどうしようと頭を抱えていた。

そこで復活したのが、アクセサリーやスカーフなのであるが、ここで問題が起きた。私だけかもしれないが、中年になってアクセサリーとしてスカーフを使うと、妙に老けて見えるようになった。以前はおかしくなかったのに、首に巻いてみると鏡の中の自分からは、

「寒いんですね。お気の毒に」

という雰囲気が漂ってくる。お洒落なアクセサリーというよりも、防寒に見えるよう

になってしまった。洋服と同じでファッション小物も万能ではなく、似合わなくなる日は必ずくるということを、このとき痛いほど味わわされた。

そうなると頼みの綱はネックレスである。ところがアクセサリー売り場には、あまりにたくさんの種類があって、どれを選んでいいやら見当がつかない。繊細なのやら、ばかでっかいのやら、短いの長いの、あれこれ手にとってみても、中年の私にはどうもおさまりが悪い。服を格上げするためにつけるのに、つけると明らかに安っぽくなるのだ。

リサーチのためにデパートの宝飾品売り場に行くと、服を格上げできそうなアクセサリーはたくさんあるのだが、とてもじゃないけど手が出ない。

「高いのと安いのの中間で、センスのいいものはないのか！」

そう大声で怒鳴りたくなった。そしていつものように、

「昔はノーブランドでも、そこそこの値段で洒落たものを売っていたのに」

と愚痴が出てしまうのだった。

探し続けたあげく、これならこれから先、ずっとつけ続けていられると、やっと気に入ったネックレスを見つけた。ニューヨークの「スティーブン・デュエック」のもので、最初はシルバーのシンプルなチェーンと、白蝶貝《しろちょうがい》とシルバーのリバーシブルのヘッドを買った。その次は追加でクリスタルのヘッドのみを購入してつけ替えている。会った人にも評判がよかったので、冬用にブロンズのチェーンも購入し、白蝶貝を濃いブルー

に染めたヘッドと一緒に使っている。それと知り合いがプレゼントしてくれた、イタリア製のガラスとビーズのロングネックレスも気に入っている。ジャケットでもシンプルなセーターでも、これらのアクセサリーのおかげで、なんとかささやかな華やかさを出せているのではないかと思う。

そして近頃、いちばん困っているのがバッグである。若い頃は大きなバッグが必需品であったが、歳をとるにつれて、だんだんバッグは小さめでないと似合わなくなってきた。体に比べて大きなバッグを持っても不自然に見えない、体が発する若いパワーが、なくなったからだろう。

これから使う新しいバッグを買おうとしても、今まで使っていたものが処分できない。これらを手放さないと、置き場がないのである。汚れていたり、壊れているのならまだしも、ほとんど無傷なのに捨てるのは惜しいのである。そのなかには、まあ、かわいいと一目惚れ《ひとめぼ》した小ぶりのバッグがふたつある。お洒落をしたときに持とうと思ったのだが、そんな機会は二回くらいしかなく、私は年齢を重ね、バッグはかわいいまま不織布に包まれて、棚の上でぽっちりとたたずんでいる。私としてはまだ大好きだし、できれば持ちたいのだが、ひとつは深い赤、もうひとつは水色なので、

「これを持ったら、イタいおばさんに見えるんじゃなかろうか」

と使う勇気が出ないのだ。

店に並んでいるバッグは、ブランド名が全面に押し出されているものが多くて、とても鬱陶しい。ブランドを誇示することなく、ひっそりと、それでいて趣味のよさをアピールしているバッグなど、ほとんど見かけない。またやたらと金属使いが多いのにも、なぜだろうと首をかしげたくなる。鋲《びょう》やらバックルやら、ものすごくたくさんくっついていて、あれをぶんぶん振り回せば、鎖ガマに匹敵するくらいの強烈な凶器になるのは間違いない。あれは女子の防犯対策も兼ねているのか。おまけに今の若い人の身長に合わせているので、大きめのショルダーバッグがほとんどで、私が肩にかついだら、夜逃げとしか見えないようなものばっかりだ。ほどほどの大きさで、洋服にも着物にも持てるバッグは見かけない。銀座《ぎんざ》の老舗《しにせ》には品のいい奥様がお持ちになるような、和洋両用にできるバッグはあるかもしれないが、私のキャラクターとは一致しないのだ。

ふだん外出するときに使っているのは、焦げ茶色のエナメルと、こちらもエナメルの黒の小さめのボストンタイプのバッグがふたつ。書類を受け取る予定があるときには、A4サイズが入るものだ。もうちょっと明るい色の愛想のあるバッグも欲しいのだけれど、たとえ気に入ったものがみつかったとしても、その前にほったらかしになっているバッグをなんとかしなければならない。洋服であればバザーに出したり、人様に差し上げるのを憚《はばか》るものは、切って掃除のときの使い捨て布にもできるが、布以外のものはそうはいかない。ハイブランドのバッグならば、買い取ってもらえるだろうが、私の持っているものには値段などつかないだろう。

実は私には十七歳のときに買い、四十年以上、持ち続けているペンダントがある。品のいい女性が一人で経営している、吉祥寺の小さなアクセサリーショップで、当時の短期のアルバイト代、三千円をすべて使って購入したものだ。チェーンもヘッドもブロンズ色の、やや長めのもので、ヘッドの部分は長さ八センチ。勾玉《まがたま》の形がふたつ、縦に組み合わされた、しっかりとした彫金風のものだ。大ぶりなのにバランスがよく、当時は自分で編んだ黒のタートルネックのセーターによくつけていたし、今でも冬場のカジュアルな服装のときにつけている。

有名なブランドではないから、雑誌に紹介されるわけでもない。しかし大量生産ではないから、誰もが持っているわけではない。そして四十年以上経った今でも、デザインが古臭くならない。流行からははずれているかもしれないが、私はこういうものを大切にしたい。でも今は何であれ、そういう品々を見つけるのは難しい。しつこい私は、そのペンダントをしげしげと見つめ、

「昔はよかったねえ」

と再びため息をついてしまうのである。

八　フォーマルウエアの行く末

六年ほど前の四月、自宅の近所を散歩していると、制服、制帽を身につけた小さな男の子と、彼の手をひいた若い母親がやってきた。私立小学校の入学式があったのだろうと眺めていると、二人の姿が大きくなるにつれ、私の頭の中には、

（？）

が浮かんできた。母親の姿がどう考えても変なのだ。上に着ているのは大きく開いた、フリルカラーの黒いブラウス。下はブラウスとは別素材の黒い二段のフリルがついたスカートで、これが太もも丸出しの短さなのである。腕にジャケットを抱えていたが、こちらもスカートとは別素材だった。そして黒に銀ラメの厚地に、一・五センチほどの間隔で三ミリ幅くらいの金色のラインが入っているタイツを穿いていた。靴はヒールの高い黒いパンプスで、前に直径五センチほどの銀色の花がついている。

「フォーマルウエアとして、あの下半身はありなのか？　それとも昔と違って、今はあれでもＯＫになったのか？」

と疑問がわいてきた。

フォーマルウエアのスカート丈は、膝上程度の長さが適切で、それよりも短いのはまずいのではなかったっけと思いつつ、若い母親なので、子供の入学金等でお金を使い果たしてしまい、自分の身支度を調える余裕がなく、手持ちのもので組み合わせたのかもしれないと好意的に考えたりもした。とはいっても、あのスカートの短さはちょっと問題だし、だいたいあのタイツは、フォーマルには攻撃的すぎるのではないだろうか。黒に銀ラメだけでも驚くのに、そのうえ金色のラインまで入っている。シンプルな黒いタイツよりも、そちらのほうがよっぽどお値段が高いのではないかと思うし、たった一足しか持っていない、穿き込まれた様子は見受けられなかった。

私は彼女たちの姑《しゅうとめ》の年齢になっているので、つい、

(子供の入学式にそのスカートとタイツはないんじゃないの)

といいたくなってしまう。入学式は子供が主役のセレモニーで、母親はその付き添いにすぎない。普段着ではなく、それなりの服装をする必要があると、彼女はわかっていたわけだが、そこでなんであのスカートやあのタイツを選んだのか。金と銀でおめでたいと考えたのだろうか。

この母親の話を、最近、娘さんが大学に入学したPさんにしたら、

「そんなもので驚いてちゃだめですよ。うちの娘の卒業式なんて、すごかったんです

から」

といわれた。娘さんはお嬢さん学校として有名な、都内の私立女子高を卒業した。きっと品のいいフォーマルウエアのマダムや、昔ながらの着物スタイルもあるのではと想像したのだが、Pさんの話によると、まるで仮装大会だったらしい。

ジャケットとプリーツスカートの制服姿で参列する娘さんの付き添いとしては、やはりスーツがふさわしいのではないかと、Pさんはベージュのスーツにブラウスを合わせて、ご主人と一緒に出席することにした。ところが会場の学校に近づくにつれ、なんだか様子がおかしいなと気がついた。車を運転しているご主人も、

「この近所でなにかイベントがあるのかな」

とつぶやいている。そこここに、ふだんの町中では見ないような色、柄、デザインの派手な服をまとった女性たちが、車や徒歩で大挙して押し寄せている。学校が都心にあるので、そう感じても不思議ではないのだが、彼女たちの行き先が、自分たちと同じと知ったとき、Pさんはびっくり仰天してしまった。彼女たちの娘はもちろん制服だが、母親たちがあまりに派手なので、家族としての統一感はゼロ。その派手な母親たちは、続々と学校内の式場へと吸い込まれていったのだった。

Pさんの前列の目の前に座っていた母親は、白地に銀ラメの太いラインが全体に入った、パンツスーツ姿。V字に開いた胸元には、これまた銀ラメのピンク色のロングスカ

ーフがぐるぐると巻かれている。履いたスリッパからは、真っ赤なメッシュのストッキングがのぞいている。おまけに手には、まるで『マイ・フェア・レディ』のイライザがかぶるような、つばの広いひらひらした白い帽子を持ち、そこには薄ピンクの造花がてんこもりになっていた。ところが隣の席に座っている夫らしき男性はといえば、ごく普通のグレーのダークスーツで、元宝塚《たからづか》の売れなくなった女優と、そのマネージャーといった雰囲気だった。

次に目についたのが、ホットパンツであった。私の若い頃の一時期に、女性用短パンが大流行して、それを「ホットパンツ」と呼んでいたのであるが、今は死語かもしれないので、いわゆるショートパンツだと思っていただきたい。それを娘の卒業式に、母親が穿いているのである。それを見たPさんは、

(きっとアラフォー雑誌で、モデルか女優が穿いているのを、真似したのに違いない)

とうなずいた。雑誌の真似をするにしても、モデルや女優に近いようなスタイルだったらまだしも、

「えっ、あなたが?」

といいたくなるような、ショートパンツが似合わない体形だった。

シンプルな襟なしの白いブラウスに、じゃらじゃらとフェイクパールやゴールドのロングネックレスをつけている。そして下は黒いショートパンツで、少しでも足長効果を

狙《ねら》ったのか、黒いタイツ。手にしていた白いコートはロングだったので、会場に来るまでは、世の中に彼女のショートパンツ姿は、披露されなかったかもしれない。彼女がアピールしたい場所は、同年配の母親たちが集まる、娘の卒業式会場だったのだ。

「その人、とっても小柄なんです。だから後ろ姿を見ると、白い体操着にブルマーを穿いた小学生がまじってるみたいでした」

私は想像を超えた話に、

「はあ」

とただ驚いていたのだが、

「まだ、そんなものは、いいほうだったのです」

とPさんは眉《まゆ》をひそめた。

とにかく母親たちの服装がすさまじいので、周囲を眺めていたら、ある一角が妙に光っているのが目にとまった。いったい何だろうと見てみると、三人の母親が肩もあらわなイブニングドレスを着用していた。

「三人で相談したんだと思いますよ。きっと『ねえねえ、みんなでイブニングドレス着ない？　こういうときしか着られないわよ』なんていって、借りてきたんじゃないですか」

だいたい、日中行われる卒業式に、イブニングドレスを着ていくこと自体、大きな間違いである。彼女たちはイブニングの意味がわからないのだろうか。Pさんはいったいどんな具合になっているのか見てみようと、席を離れて実態を観察しに近寄っていった。

三人のうち二人は髪の毛をアップにして、パールのお飾りをつけている。一人はロングヘアの巻き毛にリボン。そしてデザインは異なる、ピンク、クリーム、シルバーグレーの肩もあらわなロングドレスを着て、舞踏会に出かけるようなロング手袋にビーズのバッグを持っていた。でも足元はスリッパなのだ。

「ネックレスもイヤリングも、みんなキラキラ光っちゃって、すごいんですよ」

実態を把握したPさんが、びっくりしつつ自分の席に戻るべく、ふと見ると、ぬいぐるみらしきものが座っている。何だろうとよく見てみると、それは全身毛皮姿の母親だった。毛皮の帽子をかぶり、毛皮のブルゾンに同素材のミニスカート。ブルゾンの下はアニマル柄のてらっと光るブラウスを着ていて、獣好きの人らしい。しかし残念ながら、彼女が穿いていた薄手の黒いストッキングは伝線していた。

「毛皮は本物でした。お金はかかってましたよ。娘の卒業式なので、持っている服のなかで、がんばっていちばん高いのを着てきたんじゃないかと思います」

Pさんによれば、娘さんの同学年のなかには、この不況で在学中に親の事業が傾いて、学費の支払いがままならなくなった学生も何人かいた。住む家を失い、祖父母の家から通って、そちらから学費を出してもらったり、進学を断念せざるをえなくなったりと、気の毒な話があったという。

「それが卒業式に、見るからに『あなた、ご主人の事業が傾きましたね』ってひと目でわかる人がいたんです」

　銀ラメ、ショートパンツ、イブニングドレス、毛皮など、キラキラ系、ゴージャス系が大半を占めるなかで、明らかにくらーい雰囲気を漂わせている女性がいた。

「ブラックフォーマルっていいますから、黒を着てるのはかまわないと思うんです。でもその人、本当に何の飾りもない、ただの黒い服を着てたんです」

　彼女を見たとたん、Pさんは、

（そりゃ、喪服だろう）

　と声が出そうになってしまい、

「安いアクセサリーでいいから、せめてお祝いの気分を表すものを身につけていたら、そんなふうに見えなかったんでしょうけど。せっかくの卒業式なんですから、辛いかもしれないけれど、もうちょっと明るくしたほうがよかったんじゃないかと思いました」

　その母親は肩ほどの長さの髪を、ただダウンスタイルにして、化粧っ気もない。それにどこから見ても喪服にしか見えない服に、黒いバッグを持っていたものだから、イブニングドレスとは別の意味で、「間違えて来てしまいました感」を漂わせていた。

「まったく、すさまじいものばっかりで、ごく普通のフォーマルウエア姿が、ほとんど見られなかったのが驚きでした」

娘を押しのけて、自分が主役になりたい母親たちにPさんは呆れ果て、またあれこれリサーチしたものだから、ちょっと疲れてしまい、式の間中ずっと寝ていた。するとご主人から、

「人の格好をあれこれいっていたけど、いちばん変なのは、あんただよ」

といわれたと苦笑いをしていた。

フォーマルウエアというのは、いってみればつまらないデザインである。多少の流行はあるにせよ、突飛なデザインのものはない。結婚式であれば新郎新婦を、子供の入学式、卒業式であれば子供をと、彼ら主役のために着る服がフォーマルウエアであるから、大々的に自分をアピールする服でなくていい。それが今の母親にはわからないようだ。普段とは違う服装で出かけられる場所は全部、自分が主役になれる舞台だと勘違いしている。ちなみにPさんに確認したところ、昔の母親たちの定番だった着物姿は、ご年配の先生一人だけだったという。

どうやら現在では、お嬢さん、お坊ちゃん学校であっても、母親としての控えめ、かつ品のいいフォーマルウエアは死滅しているらしい。誰か、

「あんた、そりゃ、おかしいよ」

と母親の暴挙を止める者はいなかったのだろうか。夫はともかく、娘だったら文句の

ひとつもいえただろうに。それとも式であっても、誰が何を着ようと家族間でも知らんぷりなのだろうか。最近のアラフォー母の行動を見聞きするたびに、私は、どうにかならんのかと、怒りさえこみあげてくるのである。

九　服の値段とお手入れ

私は料理は好きではないが、洗濯は好きである。好きといっても川に洗濯に行っているわけではないので、ほとんど洗濯機がやってくれるのであるが、洗い上がった洗濯物を干すのは楽しく、またそれを取り込むのも楽しい。たたむのは、いまひとつ気乗りはしないが、それでも、

「よしっ」

と気合いをいれれば、一人分の生活の洗濯物など、あっという間に片付く。梅雨時は乾燥機がないため、ちょっとうんざりするけれど、天気のいい湿気が少ない季節に洗濯をするのは、家事のうちでいちばんうきうきするときなのだ。

私は服の手入れをするのもとても好きだ。ウール系素材のコートであれば、着た後は必ずブラシをかけるし、コットン系素材であれば、汚れがつきやすい袖口とか襟回りだけを、ブラシに石鹼をつけて部分的にこすって洗う。そうするとひんぱんにクリーニングに出さなくても、なんとかいい状態を保てる。浴衣の襟汚れにも使える「襟汚れ用ブ

ラシ」を見つけたときには、小躍りしたくらいであった。

しかし手持ちの服すべてを、このように手入れをするわけではなく、きばって買った値の張る服か、通販で購入して、このくらいなら手間をかけてもよろしいと判断した、二万円以上の服のみである。

「こんなもんでいいか」

という気分で買った安い値段の服に対しては、張り合いがないので手入れの「手」の字もしない。同じ服なのに、こんなに差をつけていいのだろうかと、自分でもたまに反省するのだが、

「高い服を長持ちさせたいのは、当然の欲求なのではないか」

と勝手に考えて、明らかに差をつけている。それなりの値段の服というのは、多くの場合、基本的に素材がいいので、手入れをするとそれに応えてくれるのである。

スカートに座り皺《じわ》がついたとしても、ブラシをかけてハンガーに掛けておくと、それだけで皺が消える場合がほとんどだ。それにスチームアイロンをかければ、見事に復元してくれる。ところがつい買ってしまった安価な服だと、普通に着ていただけなのに、変な皺があちらこちらに入るし、座り皺もなかなか取れない。おまけにアイロンで熱を加えると、急に布地がぐったりしたような雰囲気になって、元気に復元するどころではない。そんな服は洗濯などしたら、

「あれ？」

と首をかしげたくなる風合いに変わり、ワンシーズン限りで、さようならをするしかないような状態になる。以前にも書いたが、最近は、そんなに安物でもないのに、洗濯をしたりクリーニングをしたりすると、そのような状態になる服も多く、買うときにはデザインや色柄に惑わされず、よーく生地を見て頭を働かせないと、お金をドブに捨てるはめになるのだ。

私も値段の安い、夏の綿のブラウスを買ったことがあった。それが、たった一度、着ただけなのに、すぐに襟なしの首回りが汚れた。

「こんなに私って汚いのかしら」

とちょっと落ち込んだが、いつもと同じように毎日風呂に入っていたし、翌日、やや値段の張るシャツブラウスを着たら、汚れはほとんど目立たない。どういうわけか安い服は汚れを吸い付けるらしいのである。いくら安いといっても、たった一度で捨てる気にはならないので、汚れた部分に石鹸をこすりつけてもみ洗いをしてみたのだが、これが落ちない。それどころかだんだん生地がへなっとしてきたものだから、部分洗いは中断して、洗濯機に入れた。そして干そうと取り出してみたら、生地はくったり、汚れは完全に落ちず、「安物買いの銭失い」を実感したのだった。

一番の問題は潤沢な資金がないことである。手持ちの服をすべて良質な素材のもので揃えられればいいけれど、なかなかそうはいかない。そして二番目の問題は、一度でもいい素材の服を着てしまうと、そうではない服には袖を通したくなくなってしまうという点である。そしてまたここで一番の、資金不足に戻り二番目に続くという、エンドレス状態に陥る。それを打ち破るべく、安物に手を出すと返り討ちに遭い、頭を抱えるのを、私は繰り返している。

以前、私にしては大枚をはたいて買い、十年近く穿き倒した、冬用のカシミヤのスカートを廃棄処分にしたとき、冬場のスカートは、それしか持っていなかった。パンツも持っていないので、外出するときに、下半身に穿くものが肌着とタイツしかない状況になった。そろそろ着物生活に移行しようかと考えていたときだったので、多額の出費は抑えたかった。大枚をはたいてスカートを買う気にもならず、とりあえず着用範囲が広そうな、黒のストレッチベルベット素材の二万円近いセミタイトスカートが、通販のセールで一万円以下になっていたので購入した。

なので秋冬物のスカートは、これとスリーシーズン着用可の喪服のスカートの二枚のみである。さあ、穿こうとベルベットを取り出すと、黒地で目立つせいもあるのだが、一面にホコリが付着し、そのなかにはうちのネコの毛も混じっている。こすればこするほどベルベットの毛にからみついてしまうので、ローラータイプの通称コロコロで剝がし取るしかない。しかし粘着力が強いせいか、ころころっと転がした後の紙を見ると、ホコリも取れるがベルベットのケバも取れている。大枚をはたいて買ったスカートだったら、ここで、大慌てで別の方法を取るのだろうが、ぎょっとしたものの、

「どうせ何十年も着るものじゃなし」

とコロコロを転がし続けている。そんな扱いを受けるスカートは気の毒であるが、私は、

「あんたとは短期の付き合い」

と割り切ったのだ。

本当にお洒落な人、特に中高年ならば、質のいい服を数少なく持って、手入れをしながら着るという、ココ・シャネルのファッションスタイルが理想なのかもしれないが、初期投資をどうするかが問題になる。私もそれはいいなと憧れるけれど、現在、薄手のコートも持っていないし、これからひととおり揃えるとなると、まとまった金額が必要になる。着物と二本立ての衣生活だと本当に困る。ここのところはよーく考えなくてはならない。下手をすると、両方ともどっちつかずの品物を買うはめになるので、物欲を整理するのが先だろう。

値段の高い服の利点は何だろうかと考えると、素材、カット、着心地のよさだ。高価な服を何着も着た経験はないが、汚れがつきにくく、復元力が強いのは確かだろう。また、いい仕立てのものを着ていると、他人から認めてもらえるというところだろうか。

一方、値段の安い服の利点は、当然、安いところ、着るときに惜しげがない、飽きたらすぐ処分できるといったところか。そこには手入れをして着るという感覚はなく、次々に新しい服を着たいという気分にはぴったりだろう。「安い」がいちばんの基準であれば、それが着心地よりなによりも優先されるのだろうし、着心地を優先すると、それなりに資金も必要だ。ただ今の世の中を見ていると、

「安ければいいのか」

といいたくなることも多いのである。

たとえば若い女性に人気の、激安衣料を売っている店の商品をテレビで見た。膝上のかわいらしい花柄の短いスカートなどが千円単位の格安の値段で買えるという。若いモデルさんがそれを穿いていて、とてもかわいらしいのではあるが、スカートの前の部分が縦皺だらけになっていた。後ろに座り皺があるのならわかるが、前側がそうなっているのは、どういうことなのかと見ていた。待機中に椅子に座っていて、膝の上に手を置いたり、さまざまな姿勢を取っているうちに、生地が皺になってしまうほど、素材に問題がありそうだった。

どんなに古くても、きちんと手入れがしてある服はみっともなくないが、新品でもデザインの範疇ではない、皺だらけの服を着ているのはみっともない。安くてすぐ皺になる服のほうが、アイロンをかけたりする手間が面倒なのではと、知り合いの若い女性に

聞いてみたら、

「アイロンなんかかけないですよ。第一、持ってないし」

という。彼女は皺があってもまったく気にしない。着ているうちに汗が出て、それで皺の部分が濡《ぬ》れる。そのうち体温によって乾かされて水分が蒸発し、人体が「自然アイロン」の役目を果たすので、大丈夫なのだという。

「いってみれば、エコですね」

たしかに電気も水も使わないけれど、皺を伸ばしたい部分に、ちゃんと汗がかけるかどうかが、問題であろう。

トップスもギャザーやダーツがあって、たたむのがとても面倒くさいので、キャミソール、Tシャツ、セーターなど、なんでもかんでも、全部ハンガーにかける。ニット類は重さで伸びるのではないのかとたずねると、

「伸びますよ」

と平気な顔をしている。伸びたらどうするのかと聞いたら、

「捨てます」

と即座にいわれた。

ボタンがとれても、針も糸も持っていないし、つけられないので捨てる。汚れたなあと思っても、洗濯機に放り込む以上の手間はかけたくないので、洗っても汚れが落ちな

かったら捨てる。そんなに捨てているのなら、今、流行りの「断捨離」を実行しているのと同じになり、生活がシンプルになっていきそうなのに、服は部屋に山積みになっている。捨てるのもばんばん捨てるが、目についた安い服を、捨てた三倍くらいの枚数分購入するので、絶対に量は減らないのだそうだ。

大富豪ならば、それなりの値段の服でも片っ端から、捨てて買ってを繰り返せるかもしれないが、そうではない立場だったら、服の値段が安くないとできない。高いものがすべていいとは限らない。けれど昭和二十年代生まれの私は、「安かろう悪かろう」がすぐ頭に浮かぶ。しかし、多くの人は値段にだけ目がいき、安さの原因についてはあまり考えないようなのだ。

みんなが着ている、某有名メーカーの服を買った経験があるが、うちのネコがそこの服が嫌いなので、いくら安くても買わなくなった。抱っこ好きなのに、そこの服を着ているときだけ拒絶するので、それに包まれたくない理由を推測するに、染料に問題があるのではないかと思う。それでもこんな飼いイヌ、飼いネコがおらず、着ていても本人にトラブルがなければ、手頃で着やすい衣類なのだろう。

安い値段の服ばかりを着ていると、どういうわけかその雰囲気に慣れてしまい、ここぞというときの気張った服が、とってつけたみたいに似合わなくなってしまうのは不思議である。それでも服は安いほうがいいというのであれば、それは各人、価値観が違うのでいいけれど、大人であれば気張った服を着たときには、それなりに見えたほうが素敵だなと思う。そのためには持っている服すべてに「好き」という愛情を持つことが必要なのだろうが、あんたはこの程度の扱いでいいと見捨てた服を何着も持っている私は、偉そうにいえない。理想と現実に挟まれて、この問題はまだ私のなかで、解決できていないのである。

十　雨を楽しむ

最近は雨が降っていても、レインコートを着ている人をほとんど見かけない。梅雨時であってもそうなので、いつからか、レインコートは必需品ではなくなったようである。レインコートを着ているのは、中高年や幼い子供が多く、若者は百パーセントといっていいほど着用者なし。大雨だというのに、平気でミュールを履いている女性がいるくらいだから、

「なんであんなものを着なくちゃなんないのか」

といった感覚なのだろう。

昔は冬のオーバーコートと並んで、レインコートも、今風にいえばワードローブの必需品だった。それは服を濡らさない、傷ませないための配慮であって、梅雨がある日本ではなくてはならないものだった。しかし雨の日の街中の様子を見ていると、今ではレインコートは不要な衣服になりつつあるのだ。

私はコートが好きなので、なぜ、ここまでレインコート離れが起きたのかと不思議で

ならない。Eテレで放送していた、「ティム・ガンのファッションチェック」では、数少ないアイテムで、その人に本当に似合うワードローブを選び直すのがテーマだったが、アメリカ人の彼が挙げた必須アイテムのなかに、トレンチコートが入っていた。外国ではそういったコートが必須なのである。日本には梅雨があるのに、必須アイテムではなくなった。いつの間にか雨の日も晴れの日も同じ、それどころか最近は季節感すらない、一年中同じような服でも大丈夫になってしまったのだ。

三十代後半の知り合いの女性に、

「レインコートって持ってる？」

と聞いたら、持っていないという。中学生のとき、コンビニで売っている透明の雨合羽は、校外学習で着たけれど、レインコートと名のつく、きちんとしたものは、買ったことがないのだそうだ。雨に濡れると気分はよくないけれど、それで困るような服は持っていないというのである。

今まで雨の日の通勤は、どのようにしてきたのかとたずねてみた。

「雨が降っている日は、パンツだと裾が濡れて気持ちが悪いのでスカートです。ストッキングを穿いていると、ハネを上げたりすると目立つので生足でした。ハネが上がったとしてもタオルで拭けば済むから、へたにストッキングを穿かないほうが楽なんです」

なるほどと感心しながら、ゲリラ豪雨の場合はどうするのかと聞くと、タクシーを利用するので問題ないとのことだった。

「ああ、一度、コートを着ていなくて、困ったことがあります」

二十代後半の夏、彼女はバーゲンで買ったばかりの赤いプリントの長めのスカートを穿いていた。大雨に降られたので駅に避難して雨がやむのを待っていたら、周囲の同じように雨宿りをしている人々が、ちらちらと自分の足元を見る。何でそんなに見るんだろうと、ふと目を落とすと、濡れたスカートからプリントの赤い色が落ち、ぼたぼたと真っ赤なしずくが足元で水たまりになっていた。しかしどうすることもできず、彼女は棒のように立ち尽くし、

(私は悪いことはしていない)

と周囲にバリアを張って、自分はその場にいないことにした。

色落ちしているので、タクシーにも乗れず、ぼかし染めのようになったスカートを、

(買ったときから、こういう柄だった)

という顔をして、家まで帰ったという。赤い染料はちゃんと色止めをしていないと、水に濡れると色が落ちやすいので、運も悪かったのだろう。そのスカートは帰宅後すぐに、ゴミ箱行きになったという。

答えを聞いて、世代の差というか、育ってきた環境の違いが影響しているなと感じた。私が若い頃は、濡れてもいい服なんてなかった。どの服もとことん着るものだったから

である。私が会社に勤めていた三十数年前ですら、千円、二千円でスカートは売っていなかったと思う。だから一度買ったものは、なるべく長い間、着用しようとしていた。クリーニング代も高いので、なるべく汚さないで、着ようとした。

そのためには、雨の日のレインコートは必需品だった。また材質が綿やポリエステルなので、雨だけではなく、ほこりっぽい時季の塵《ちり》よけとしても着られ、便利なものだった。たしかダスターコートという、文字通り塵よけが目的の薄手のコートもあったが、二枚買うのは不経済なので、レインコートで兼用していたのだ。

若い女性がレインコートを着ないのは、鏡と向き合って必死に決めたコーディネートが、隠れてしまうからではないだろうか。シーズンごとのレインコートファッションなんてないから、流行の「お洒落」な服を着ているのに、ピンとこないデザインのレインコートで隠してしまうのは、半日たりともがまんできないという気持ちも、わからないではない。

雨に濡れて染料が流れ出すのは大問題だが、そこまでいかなくても、服がダメージを受けないために、レインコートは必需品だと思っている私も、コート選びには頭を悩ませていた。ダブル前で肩章つきのハードなデザインのほうは似合わないので、若い頃はステンカラーでシングルボタンのレインコートを着ていた。「バーバリー」のもので、もちろん春先も秋口にも愛用していた。クリーニングに出すたびに、生地がこなれて着やすくなるのがうれしかったのだが、そのうち着なくなってしまった。

というのも勤め人のときは、オーソドックスな定番のデザインの服が多かったのが、会社をやめてコム デ ギャルソンを着るようになると、どうしてもバーバリーとは相性が悪くなった。そのコートは友だちが欲しいというのであげてしまい、その次にはポリエステル素材でワッシャー加工がしてある、軽いコートを着ていた。その後、特に雨用というわけでもなく、綿素材のコートなどを購入し、そして前にも書いたが、自分で手洗いしたボンディング加工のコートは、廃棄せざるをえない状態になり、梅雨時やゲリラ豪雨に対応できるコートがなくなったのだ。

いったいどうしたものかと、考えていたところ、通販カタログでとても薄手でシンプルなレインコートを見つけた。フードつきで湿気がこもらない材質で、おまけに流行の体に食い込むようなデザインではなく、ゆとりもある。長めの丈でスカートにもパンツにも使えそうだ。国産ではなくヨーロッパからの直輸入品ということで、

「さすが、流行には流されない、ツボを押さえた品」

と感心した。とみに湿気が多くなった日本では、薄手で湿気を排出する機能のある素材はとてもありがたいので、早速、注文した。

届いたコートは薄いベージュで色も悪くなかった。Tシャツはもちろん、冬場のセーターでも十分なゆとりがあり、いい買い物をしたと喜んで、すぐに試着してみた。

「…………」

以前、一年中着物で生活しようと思い、汚れ防止のために、丈の長い割烹着《かつぽうぎ》を着たところ、背の低い私は、まるで「てるてるぼうず」みたいになったことがあった。そしてその「てるてるぼうず」が、再び現れたのである。肩が小さめに作ってあり、バストラインの下あたりから、ゆるやかに裾に向かって広がっている。直輸入品のため、背が高い人であれば、ほどよいゆとり感なのに、身長が子供サイズの私は、見事に「てるてるぼうず」になったのだ。

しかし何もしないで立っているから、そう見えるけれども、外に出たら歩いているわけだし、と納得して、そのコートを着ている。着心地はとてもいい。いくら歩いても湿気が中にこもらないし、何より軽いのがありがたい。問題は雨の日に「てるてるぼうず」が歩いているという事実だけなのであるが、今のところ指をさして笑われていないところを見ると、なんとかごまかせているようだ。

その「てるてるぼうず」が差す傘も、選ぶのが大変だった。私はビニール傘が嫌いなので、気に入った傘を買いたいのだが、ブランドのロゴマークが入ったものがとても多く、それが大変不満である。レースクイーンが差しているような、派手な傘を求めているわけではないのに、気に入ったものがみつからない。外出したついでにデパートをまわってみても、傘に関しては品揃えはどこも似たようなものしか置いていないのだ。デパートを数軒まわった結果、やっと個性的な品揃えをしている店を見つけ、気に入った雨傘に出会えて喜んでいる。

地は紺色で、幅五センチほどの縁の部分には、焦げ茶の地に薄黄緑色の小さな葉っぱが連なった柄がある。そして長さ十センチほどの、ブルーの花がたくさん咲いた細身の木が、縁から傘の頂点に向かって生えているように、七センチ置きくらいの間隔で一列にプリントしてある。色は地味だが柄のかわいさがほどよく、ブランド名も表記されていないので、とてもお気に入りの傘なのだ。ブランドもわからずに購入したものの、こんなに気に入ったのも珍しいので、どこのものかと調べてみたら、裏側の小さなタグに「PAUL&JOE SISTER」とあった。

「あれ？　このブランド、知っているかも」

角がすりきれてしまい、泣く泣く廃棄処分にしようとしていた財布を取り出してみたら、それも同じブランドだった。黒のエナメルに、大きなキノコが白糸でステッチしてある長財布で、これもひと目ぼれして買ったものだ。意識しないで購入したものの、気に入ったブランドが一致していたのは、何だか面白かった。

雨の日の装備として、あとは靴が見つかれば完璧だ。やはり長靴タイプのものが、泥ハネなどを気にせずに、じゃんじゃん歩けていい。私の甲高幅広、短足脚太に合う靴があればと、カタログ等に記載されている、ワイズと筒丈、筒幅を必死にチェックした結果、世の中、捨てたものではなく、欠点だらけの私の脚にぴったり合ったサイズのレインブーツが見つかった。

サイズが合えば色には目をつぶろうと思っていたのに三色のバリエーションがあり、私は焦げ茶を選んだ。ブーツの流行の一環で、ゴムのレインブーツといった位置づけができて、昔に比べて選択肢が増えたのはありがたかった。私はふくらはぎを覆う靴に関しては、完全にあきらめきっていたものだから、とても楽しみにしていた。

早速、履いてみると、私の身長だと、やっぱり筒幅が狭いほうがバランスがいいのだが、それだと脚が入らないのだから仕方がない。このような筒幅の広いレインブーツがあるのは珍しいと考えているうち、もしかしたらレギンスやストレッチデニムなどを中に入れて、履くためなのではないかと思いあたった。しかし私の場合は、タイツのみできっつきつである。それでも贅沢《ぜいたく》はいっていられない。履ければいいのだ。

探しまくってやっと見つけた、「てるてるぼうず」になるレインコート、渋かわいい傘、タイツでしか履けないレインブーツ。傘以外はちょっぴり問題はあるけれど、この黄金三点セットで、これからの梅雨、ゲリラ豪雨を乗り切ってやると、私は張り切っているのである。

十一　汗との闘い

夏のファッションは本当に困る。いったい何を着たらよいのかわからない。私は日光にも冷えにも弱いので、肘が隠れる袖丈がないとどうも落ち着かない。冬場は寒いから肌を覆い、夏場も暑苦しくない程度に肌を覆う。季節に応じて、それなりに脱ぎ着して対応しているつもりだが、一年中、肌の露出が多く、夏場もブーツを履いたりする若い女性は、季節の気候に対応するというよりも、過剰な冷暖房に対応しているようだ。

私は夏の部屋着はずっと、Tシャツにチノパンツだったが、このチノパンツが薄手であっても、暑いと感じるようになり、木綿のもんぺを買ってみた。昔ながらのサイズなので、短足の私にもまるで誂《あつら》えたかのようにぴったりで値段が安い。おまけにとても涼しいのである。紺地に絣柄《かすりがら》なので、汗をかいても目立たない。薄手とはいえ、目のつんだチノクロスよりも、柔らかく織られた木綿の生地のほうが、涼しいのは当たり前だが、私は、

「さすが、もんぺはすごい」

と感心しながら、Tシャツともんぺで過ごしていた。

膝の部分には裏から共布が縫い付けてあって、補強はされているのだが、やはり穿いているうちに膝が出てくる。気をつけの姿勢をしているのに、膝を折っているみたいに見える。気合いは入っているのに、下半身ががっくりしている雰囲気が漂うのである。誂えたようにぴったりのもんぺが、あまりに似合いすぎているため、この格好で近所に買い物に行くのはちょっと憚られ、そのときはチノパンツに穿きかえて、店舗の冷房対策のためにTシャツの上に薄い羽織物を着た。そしてまた家に戻って、新しいTシャツともんぺに着替えるという方法をとっていた。しかし近所に出かけるたびに、着替えるのが面倒くさくなってきたのと、二枚のもんぺが着用の限界になったのを機に、もんぺ生活とはお別れした。

次に少しでも涼しい服はないかと通販カタログを見ていて目にとまったのが、夏に運動をする人のためのスポーツウエアだった。スポーツウエアのメーカーが作ったものだと、いかにも「運動」してますといった柄のものが多く、おばちゃんがふだんに着るのは少し抵抗があるが、繊維が吸湿速乾性に優れていて、Tシャツタイプで無地のものだと外に出てもおかしくない。一枚、試しに買って着てみたら、綿のTシャツとはまったく違う着心地にびっくりした。

綿の場合はいつまでも体に汗がまとわりついていて、じっとりしていたが、スポーツ仕様のものだと、あの妙なじっとり感が皆無なのだ。夏はじっとり感だけでも、体力を消耗した感じがするが、それがないだけでもとても快適だった。あまりによかったので、友だちにも買ってプレゼントしたところ、

「全然、違うね」

と喜んでくれた。私は赤、彼女は緑を着ていて、追加で購入しようと楽しみにしていたのにすぐに売り切れて、それ以降発売されなくなった。

そのTシャツをしばらくは快適に着ていたが、洗濯を繰り返すうちに生地がややごわついてきて、着心地がいまひとつになってきた。洗うたびにこなれてくる自然素材とはやはり違うのだ。なので最近は日によって、これまで着ていたオーガニックコットンのTシャツと、スポーツ仕様のものを着分けている。下半身は薄手の綿のパンツである。必要最低限しかクーラーを使わないので、

「あちー」

といいながら、団扇《うちわ》を使ったりして過ごしているのだが、とにかく汗をかいたら冷えないようにこまめに着替えなくてはならない。夏自体は嫌いではないし、汗をかくのも気持ちがいいので嫌いではないけれど、問題は外出するときなのである。

自然志向ファッションの若い人も多くなってきて、クーラーに頼らずに、風通しがよく吸湿性のいい服を着るナチュラル系の女性もいるが、進化し続ける化学繊維で夏を過

ごす人も多い。若い女性にとっては、とにかく「汗」という文字は「恥」と同じ意味らしい。

聞いた話によると、脇《わき》の下を永久脱毛したら、脇から汗が大量に出るようになった人がいるらしい。手軽に施術を受けられるようになったので、年中、ノースリーブを着る若い女性の多くが、永久脱毛をしているのではないだろうか。しかし生きているのだから、汗が出るのは当たり前である。出なければ逆に困る。きっと体のほうも、人体の自然なシステムで毛が生えているのに、それを無理矢理に抜かれて、

「くっそー、ここの毛を全部取りやがったな。よーし、憎たらしいから、汗をいっぱい出してやる」

と精一杯の復讐《ふくしゆう》をしているのかもしれない。

人と会う用事があるときには、それなりに失礼がない格好をしなくてはならない。汗をかくのは仕方がないのだから、それを目立たなくするにはどうしたらいいのか、なのである。汗をかいてもいちばん目立たないのは、黒や濃紺である。しかし夏という季節を考えると、色の分量や素材が難しい。衣服に水を垂らして検討した結果、白よりはベージュのほうが目立つし、それよりもグレーのほうがもっと目立った。無地よりもプリント柄のほうが目立たないのだけれど、私はプリント柄が似合わない。素材は化学繊維よりも木綿のほうが目立つ。夏場の素材としては、麻がいちばんいいといわれていて、

今では夏だけではなく冬にも麻を重ね着するナチュラル系ファッションの人も多いが、私は肌に近い場所に麻を着ると、繊維で皮膚がこすれて「麻負け」してしまうので、ジャケットやコート以外は着られないのだ。

あれこれ試行錯誤した結果、夏場は肌着で汗対策をするしかないという結論に達した。肌着も進化していて、スポーツウエア同様、汗をかいてもすぐに蒸発する素材を使っていたり、脇の下に汗取りパッドが縫い付けてあるものもある。それらはクーラーがきいた室内に入っても、体が冷える感じがない。温暖化による猛暑、冷房対策としては、私のような自然素材好きでも、一部、化学繊維に頼るしかなくなってきたのが、ちょっと残念でもある。

最近は夏のお出かけに、浴衣を着る若い人も多いようだ。ストッキングが苦手な私は、洋服よりも着物のほうが快適なのだけれど、着てもものすごく涼しくなるわけではない。ただ脇に開いている身八つ口や袖口から風が入るし、お腹《なか》まわりがおはしょりなどで何重にもなっているので冷えないし、肌を覆う部分が多く日光をさえぎってくれるので、着ていて安心するのだ。

浴衣を着慣れない若い人たちは、

「全然、涼しくない」

と腹を立てたりするらしいが、まず安いポリエステル素材の浴衣は論外である。サウナスーツじゃないんだから、そんなものを着たら、暑いにきまっている。そういう素材の浴衣にはさまざまなプリント柄があるので、目を引くのだろう。

着物ブームとやらがあったときに、着物はハードルが高いけれども、浴衣ならば大丈夫と、いろいろな浴衣がじゃんじゃん出てきた。そのなかにポリエステル素材の浴衣も含まれていたけれど、若い人は昔ながらの柄には興味を持たないと、売る側がふんだのか、トロピカル柄やら、ヒョウ柄やら、夏向きの派手なワンピースの柄が、浴衣になっていた。色合いもそれにならって、鮮やかなトロピカル調である。私の感覚では、伝統的な昔からある白と藍色《あいいろ》の色合いや、色があったとしても基本的な雰囲気をこわさない差し色が入っている程度ならば受け入れられたが、蛍光色の真っ黄色の大きなパイナップルが、これまた蛍光色の水色の地に飛び、裾には赤いハイビスカスとなると、「うーん」とうなるしかなかった。コーディネートでも、絶対にありえなかった浴衣に伊達襟《だてえり》をしたりと、頭が煮立っちゃったんじゃなかろうかといいたくなるほどの、ひどいものもあった。最新の浴衣本を見たら、当時よりは落ち着いた感があって、少しほっとしている。

購入するのならば、木綿や麻、百歩譲って、吸湿速乾性のある化学繊維で作られたもののほうがいい。木綿でも一般的な目のつんだコーマ地よりも、ワッフル織りのような綿紅梅《めんこうばい》や、麻が混じっている材質のほうが、通気性がある分、多少は涼しく感じられるかもしれない。

若い人は変にでこでこと飾り立てるよりも、すっきりとした清楚《せいそ》な色柄が似合うのにと思っていたが、彼女たちをじーっと見ていたら、そういった感覚は通用しないのかもしれないと考えるようになった。だいたい清楚に見える化粧をしている人が少ないので、昔ながらの浴衣だとどうもバランスが悪い。なので街で若い女性の清楚な浴衣姿を見ると、まるでジャングルで絶滅危惧《きぐ》種を発見したような気分になり、胸が躍ったこともあった。

あるとき浴衣を着ている大学生らしきカップルを見た。感じのいい二人で微笑《ほほえ》ましかったのだけれど、問題は着ていた浴衣である。愛の深さを公にしたかったのか、二人お揃いの浴衣なのだ。男性が花柄を着るわけにはいかないので、彼と同じ柄を彼女が着ている。ブルーグレーの地に白の小さな籠目柄《かごめがら》で、若い男性にも地味な年配向きだった。それを若い娘さんが着ているのだから、「おじいちゃんから借りてきました」状態になってしまった。着物であれば地味な色柄であっても、半襟や帯などで彩りを添えられるが、帯も彼が締めているものと色を合わせた、濃い藍色だったので、彼女の若さやかわいらしさが活《い》かされず、私は腹の中で、

（せっかく着ているのに、残念！）

と叫んだのである。

浴衣を着ても自分は涼しくはならない。浴衣を含め、夏の着物は人に涼しさを感じさ

せるために着るものでもある。洋服とは違って露出を抑えて涼しさを醸し出すのだから、襟元もきちんと合わせる。深いVゾーンのラップワンピースになってはいけないのである。それが我慢できないのであれば、浴衣を着るのはやめたほうがいい。

手軽に着られるといわれる浴衣だが、私はTシャツとジーンズ、ブラウスとスカートを格好よく着るのがいちばん難しいように、実は浴衣を格好よく着るのがいちばん難しいのではと感じるようになった。すっきりと涼しげに、シンプルの極みをどのように着こなすか。特に私のようなおばちゃんの年齢になると、白地の浴衣は上手に着ないと、「病院から抜け出してきたのですか」と聞かれそうな入院ファッションになってしまうし、派手めにするととっても暑苦しい。洋服と同じように、「シンプル」の難しさを感じるのだ。

夏の服装も、シンプルなほうが涼しく見えるし、すっきり見えるはずなのに、実際はそうではない。最近のつけまつげや、まつげの長さが二倍三倍になるマスカラが必需品の化粧には、そんな服は似合わないし、汗対策にはプリント柄、ひらひらしているほうが風が通るとなると、シンプルからはどんどん遠ざかっていく。シャツとパンツですっきり、浴衣ですっきり、自分も他人も夏を涼しく過ごすのは、並大抵のファッションセンスと根性では無理だと、夏になるたびに感じるのである。

十二「リアル」な自分を理解する

ある日の夜、ニュースでもチェックしようかと、テレビをつけたとたん、一人の男性が画面に映し出された。モデル体型ではなくお腹も出ていて、頭髪もちょっと薄くなりかけている、典型的な四十代の小柄な男性だ。会社の経営者とのことで、今日のファッションはという問いかけに答えていた。完全に彼の発言を再現できないけれども、「腹話術の人形みたいなのがいいなと思って、髪の毛はぴったり撫《な》でつけて、コーディネートもそれっぽい感じにしてみた。もともとズボンも袖丈も、ぴったり合っているものよりも、どこかつんつるてんのほうが好きなので、借り着みたいなのがいい」

という内容だった。

私はその言葉に衝撃を受けた。男性でも女性でも、腹話術の人形みたいになりたいと髪型を決め、服をコーディネートする人がいるだろうか。そうならないようにみんな、髪型や服装に頭を悩ませているのではないか。服にしても借り着風ではなく、自分にぴったり合った服を着たいと誰しもが思うのではないか。

彼は髪型もファッションも独特であるにもかかわらず、それがいやみになっていない。あまりに個性的にしすぎて、

「私って他の人より変わってるでしょ」

という鬱陶しい妙なアピールを感じる場合が多々あるが、彼はそうではなく、独自の雰囲気を醸し出していた。

今まで私は他人から見て、なるべく格好悪く見えないように、流行まっただなかのラインではないにしても、古くさく見えない服で、それが似合って見えるようにと、ああだこうだと試行錯誤していた。ところがである。彼は人々の多くが「格好悪い」と敬遠する穴ぼこへ、自ら飛び込んでいっているのだ。

それは彼にしかできないお洒落だった。立場をふまえてジャケットも着用し、多少袖丈が短めではあるのだが、仕事上の礼も失してはいない。彼の姿を見ると、ファッション雑誌を首っぴきで読み、掲載された服や靴を購入して、自分は流行のファッションを着ているいい男、いい女と勘違いしている人たちのファッションなんて、本当につまらない。彼らはきっと腹話術の人形にはなれないし、なろうともしないだろう。腹話術の人形をめざした彼の姿は、少しでも人の目から見て格好よく（おまけにその方向がちょっと間違っていた）という考え方しかしてこなかった私を、深く反省させたのである。

男性で背が低いとか、お腹が出てきたというのは、女性が太っているとか歳をとって

いるのと同じように、マイナスな要素としてとらえられている。多くの人がそれをカバーするために服を選ぶ。服を着るのはコンプレックスとの闘いなのである。私はいろいろな本や雑誌を参考にして、服を選んだのにもかかわらず、着てみたらあまりしっくりこない。

「なんだかなー」

といまひとつ盛り上がらない気持ちを打破するべく、やぶれかぶれで今まで着たことがないデザインや柄を着ると、だいたい自爆した。これが今までのファッション人生であった。

コンプレックスが表面化しないように防御しすぎると、服を着ていても面白みがなく、攻撃すると見事に返り討ちに遭う。しかしテレビで見た彼は、「攻撃は最大の防御なり」の言葉通り、体形、雰囲気を活かして、自分をアピールしていた。自分自身そのものを、欠点を含めて魅力的にしてしまうのは、自分がよくわかっていないとできない。どんなに悩み、ため息を百万回ついたとしても、モデル体型には、絶対になれないのだから、持っている雰囲気や体形を活かすのが、自分らしいお洒落ができる第一歩なのだろう。とはいえ、頭ではわかっているものの、どうやればいいのかがわからないのである。

ファッションチェックの番組で有名なティム・ガンが、

「女性は自分に似合う服ではなくて、そうなりたい服を選ぶ」

といっていた。実際は似合わない服ばかりなので、買ったけれども着ない服がクローゼットに山のように溜《た》まり、着てもいまひとつの印象しか与えられないというわけなのだ。この言葉にも衝撃を受けた。自分に似合う服ってなんだろうと考えてみたけれど、こちらのほうも、正直いってよくわからないのだった。

私はとっかえひっかえ服を着たいタイプではなく、同じ服をずっと着続けても平気なので、どちらかというと定番スタイルのもののほうが好きだ。といってもかっちりとしたスーツは似合わないので、定番風でありながら、ちょっとだけデザインが遊んでいるもの。色としてはボトムスは紺、グレー、黒、茶で、トップスも真っ白は顔から浮くので、オフホワイトやブルー、紺、グレーと地味めである。明るい色は見るのは好きだけど、着るのは苦手なのだ。

花柄は似合わないし、チェックもストライプも、ちょっと間違えるととても野暮ったく見えるので、無地かそれに近いものが多い。個人的にはワンピースは好きなのだが、バランスがとても難しい。なのでトップスとボトムスは同系色で、縦のつながりを出して、スカーフやアクセサリーでなるべく首のまわりにポイントを持ってくるのが、外出スタイルになった。

外出の際にはずっとスカートを穿いていた。ふだんがパンツばかりなので、気分が変わるからなのだが、最近は冷房で足元が冷えるようになったので、着物かパンツスタイルになった。お洒落は我慢といわれるが、五十代以降は、我慢は二の次で、健康第一なのである。八分、九分丈のパンツに、フリルやギャザーなどのひらひらした飾りがついていない、無地のロングブラウス、チュニックを着たりしている。このスタイルは普段着っぽくなりがちなので、上下とも安物は買わないのがポイントだ。

パンツスタイルは冷え防止にもなるし、腰が隠れていると私の短足もそれほど目立たずに安心できる。パンツ丈が少し変わってもニュアンスが変わるので、これからはスカートはやめにして、チュニック丈のトップスに、ボトムスはパンツスタイルと決めて、ワードローブを揃えていったほうがいいかもしれないと考えるようになった。しかしそれが、私に「似合って」いるのかどうかは、謎なのである。

自分とはいったい、どのようなキャラクターであるのか。服を着るのに哲学的な問題をつきつけられ、ますます頭は混乱するばかりである。きっと私が衝撃を受けた会社経営者の男性や、私がお洒落だと思う友だちは生まれつき、自分にはどういう服が似合うのかがきちんとわかる感覚が優れているのだと思う。

友だちのイラストレーターの土橋とし子さんは、いつ会っても、お洒落だなあと感心している。流行とは関係なく彼女なりの素敵なお洒落をしているので、会うたびに興味津々なのだ。雑誌などで紹介されている人気のショップで流行の服を買って着ている人々とは違って、いったい今日の服装にはどんな秘密があるのかしらと、楽しみで仕方がない。雑誌や本には載っていないお洒落の情報を、彼女はいっぱい持っているわけだ。

「そのネックレスの素材はなあに？　そのスカートはどうしたの？」

といつも質問攻めにしてしまう。きれいな色合いのネックレスが、フランスのアンティークでベークライト製だと聞いて、

「かわいい……」

とうっとりしたこともある。彼女の描くイラストの色合いそのもので、手作りではないかと思ったくらいだった。雑誌や本などの情報ではなく、彼女自身の嗅覚《きゅうかく》で店を選び、コーディネートしているのだ。

こういっては失礼かもしれないが、彼女は背がとびきり高いわけでも、プロポーションがいいわけでもない。それでもとてもチャーミングだ。ブランドのセールでカジュアルなメンズのパンツを買い、丈を直して穿いていたりする。それが土橋さんのために作られたのではないかと思われるような、彼女にしか似合わない柄行きなのだ。彼女によると、変わった柄のものは、セールでも売れ残っているので、結構、簡単に手に入るのだという。こういう話を聞くたびに、どこかのショップに行けば、自分にぴったりの服が置いてあると、今でもどこかで信じている私は、根本的に服を選ぶセンスがないのだなあと、完全に白旗をあげるしかない。

もう一人、映像関係の仕事をしているAさんもお洒落な人である。彼女は還暦を過ぎているが、若い頃からとにかく洋服が好きなので、ストリート系の男の子向きのショップでも、ブランドショップでも先入観なく買い物をする。ボーイッシュなタイプでスカートはまったく穿かないので、メンズの細身のものもよく着ているようだ。街を歩いていて目についた服を購入し、それを彼女なりに組み合わせて着ているのだが、これが彼女独特の雰囲気になっている。一見してブランドがわからない、セーターとパンツのシンプルなスタイルでも、彼女なりのスタイルになっていて、やっぱりセンスのよさは生まれつきだと納得する。二人とも美術系なので、文系の人間とは感覚が違うのかもしれない。

幼い頃から、ものの形、色に興味があったであろう美術系と、文字ばっかり見ていた文系とでは、培われる部分は相当違うはずだ。ただ最近は美術系の人でも、自分なりのお洒落ではなく、人気のあるショップで購入した服を、雑誌であれこれ披露しているだけの人もいる。まとまってはいるけれど、とてもつまらない。本当にそれが好きなら他人がとやかくいう問題ではないが、美術系の人ならば、その人なりのセンスがうかがえるようなファッションを見せてほしい。文系の人間が「おおっ」と驚くような、独自のセンスを見せてほしいのだ。

センスのいい人というのは、服を着る「リアル」な自分が見える人なのだ。このリアルというのが問題で、私なんぞ欠点の部分を痛いほど把握しているくせに、いざ服を買うとなると、それをころっとわすれて、股下プラス十センチ、体重マイナス五キロと、勝手に底上げしてしまう。リアルな自分はどこへやらである。センスのいい人は冷静にチェックができて、そういう泥沼には足を踏み込まないのだろう。

ファッションセンスのいい人のコーディネートを真似しても、自分に似合うわけではない。一人一人体形は違うのだから、自分の頭で考えるしかない。あるデザイナーの女性が、

「あっちが太い、こっちが太いと悩むのではなく、細い部分を見て『ここの肉づきが足りない』と思えばいいのです」

といっていた。私は下半身が太いのであるが、そう悩むのではなく、

「上半身に肉づきが足りない」

と発想を転換するわけである。そう考えるとなんだか不思議と気分が晴れてくるではないか。

ポジティブシンキングは大切である。自分に足りないものばかりを数えるよりも、持っているものを有効に使ったほうがいい。これは人の生き方と同じだろう。私の場合、服を選ぶときに、ちゃっかり底上げなどしないように、リアルな自分の姿を脳内にたたき込むには、まだ時間がかかりそうであるが、このように前向きになっていれば、ファ

ッションセンスはいまひとつであっても、未来は開けるのではないかと、楽しみになってきたのである。

十三　見えない難題

下着はなくてはならないものだ。たまにはそうではない日があるかもしれないが、

「あたしはいつもノーブラ、ノーパンだ」

という女傑は、ほとんどいないだろう。

私の人生で、下着をいちばん意識したのは、高校生のときだった。体育の授業の前に、隣のクラスの女子と一緒に着替えをしたとき、そのうちの一人が穿いていたパンツに衝撃を受けた。私の通っていた高校は制服がなく、超ミニスカートに白い網タイツで通学していた女の子のパンツが、女子一同の注目を浴びたのだった。

それはただ前と後ろが三角の小さな布きれで、両脇を紐で結んであるだけの代物で、幽霊のおでこに三角形の布きれがついているが、あれが股間《こかん》と尻についているようなものだった。柄物やレースつきのパンツを穿いている子もいたけれど、普及品がほとんどで、デザインはオーソドックスなものだった。とにかくただの三角形の、あまりに衝撃的なデザインに、みなびっくり仰天したのである。

みなそれを横目で見ながら、そそくさと体操着に着替え、バレーボールを打ったり、走ったりした。動作が激しくなると、どうしても紐結びの三角パンツを穿いていた子に目がいき、

(あんなにジャンプをしたり、走ったりして、パンツの紐はほどけたりしないのだろうか。三角形も片方に寄ったりしないのだろうか)

と気になって仕方がない。そして授業が終わると、ふたたび横目で彼女のパンツのおさまり具合をチェックしながら、

(あら、意外に大丈夫だったのね)

と感心したりした。

そして休み時間や放課後になると、もう大騒ぎである。友だちと集まって、衝撃的パンツについて語り合った。どういうわけかみな興奮していた。そんななかで、どんな話題に対しても深く突っ込む子が、そういうパンツはどこで買ったのかと、彼女に面と向かって聞いた。すると当の彼女は自慢げに、「原宿《はらじゅく》の下着屋さんにある」といい、値段も教えてくれたという。布地は少ないのに、自分たちのパンツよりも、はるかに値段が高かった。その事実はさざ波のように女子の間に広がっていった。それから私が卒業するまで、着替えの時間に見た範囲で、今でいうローライズ、当時はビキニパンツといっていたが、そういったデザインのものを穿いている子はいたけれど、彼女のような衝撃

的パンツを、学校に穿いてくる子はいなかった。

私は下着に固執しなかったのと、へそ下パンツはどうも性に合わなかったので、普及品の愛用者だった。ブラジャーも中学生のときに母が買ってくれたのをずーっと着用し、もうそろそろ限界なのではと、母が買ってきてくれたら、新しいものに替えるといった具合で、自発的に下着を買い替えるくらいなら、本やレコードを買うほうを優先する日々だった。彼女の名前は見事に忘れたが、衝撃的パンツの形状はいまだに覚えている。

大学生のときも、上下とも国内メーカーの普及品を使っていた。彼氏がいて「もしかしての夜」がありそうな子は、ふだん用、デート用と分けていたようだったけれど、実家から通っていて、おまけにそんな気配はない私は、とにかく実用的な普及品一点張りで過ごしていた。ただ二十歳のときに、アメリカの下着メーカーが日本に進出するというので、パターンモデル（ただサイズが合っていればいいので、胴長短足でもＯＫ）をしたときから、ちょっと下着に興味を持つようになった。それでも学生には高価な下着を購入する金銭的余裕もなく、社会人になって、たまにレースがついたものを購入したりしたものの、シンプル好みの私の趣味にはいまひとつ合わなかった。

その後、さまざまな外国製の下着が輸入されるようになった。そのときにはすでに書く仕事をしていて、ＯＬのときに比べて金銭的余裕があったので、悩みが解消できればと、輸入品を扱っている下着専門のショップに行ってみた。私はなで肩でブラジャーの紐が必ず肩から落ちる。それを他人にわからないように直すのが鬱陶しくて、たまらなかった。

店員さんは、私の体形をためつすがめつし、肉の質まで分析して、自然素材がいいという私に、「コレール」のコットンレースのものを勧めてくれた。つけたとたん、体に合った下着はこんなに楽なのかと感激した。いつもはストラップでつり下げている感じだったのに、とても肩が軽いのだ。

二枚をとっかえひっかえ使い、そろそろ取り替え時かなあと再びそのショップに行ったら、私がつけているブラジャーを見て、店員さんが、「あっ」と叫んだ。

「あのう、下着はラベルの文字がかすれてきたら、替え時なのですが」

私は五年以上そのブラジャーをつけ続けていて、文字はすべて消えていたうえに、ラベル自体がほとんど取れかかっていた。今はラベルの印字も堅牢《けんろう》なので、いつまでもはっきりと読み取れるけれど、とにかく値段が高いので、元をとるまでとことん使おうとしたのであった。

スイスの「ハンロ」もしばらく愛用していた。肌触りがよく洗濯にも耐え、困った部分がお値段以外、ひとつもないのである。金銭的余裕があるときに、まとめ買いをしていたが、在庫が尽きたときに、たしかにとてもよいが消耗品でもあるし、ここまで望まなくてもよいのではと、ノーブランドのオーガニックコットン製品を買うようになった。

オーガニックコットンの製品は、今は品質が向上しているが、出はじめの頃は、洗濯をすると、首をかしげたくなるほど変形するものが多かった。タンクトップはまるで、男性のアマチュア・レスリングのウエアみたいに、乳が見えるほどびろーんと肩の部分が伸びてしまったり、パンツも生地がねじれまくって、びろんびろんになったりした。値段も高めだし、一度か二度の洗濯でこうなるなんてと、泣きたくなったものだった。

それからは肌にいちばん近い所に着用するものは、すべて飾りなしのシンプルなシルク素材のみにした。タンクトップ、半袖、七分袖、ショーツ、五分丈、七分丈、フルレングスと持っていて、季節によって組み合わせて着ている。穿くものの場合、ゴムの入れ替えが可能なものを買い、まず落ちない程度にゆるゆるにゴムを入れ替える。締め付けられないだけでも、気分が違ってくるのだ。

パンツの場合は、体形が多少変わっても、それほど細かいサイズチェックはしなくても大丈夫だが、問題はブラジャーである。私は水が体に溜まりやすい体質を改善するために、ここ七年ほど、一週間に一度、リンパマッサージを受け、胃を温める漢方薬を飲んでいるのだが、そのおかげで体重が八キロ減って、ワンサイズ変わってしまった。といっても別に脚が長くなったり、尻の位置が上がったり、プロポーションがよくなって若返ったわけではないので、太ったおばさんがしぼんだだけのことである。

それに従って、ブラジャーのサイズが変わった。体内に溜まった余分な水が八リットル抜けて、体調はよくなったのだが、あれよあれよという間に、胸が小さくなっていった。三十代の半ばくらいまではC70だったのに、余分な水が抜けてからはA75である。最近は痩せていても胸の発育状態はいい女性が多いらしく、Aカップ自体がとても少なくなっているのもはじめて知った。寄せて上げるような機能に積極的になっていないデザインの、シンプルなタイプをやっと見つけて使っている。カットがきちんとしているのか、なで肩の私でもストラップが落ちないのは助かっている。

夏場に使っていた、シルクのブラキャミソールも使えなくなった。ブラキャミソールについているカップは、

「だいたいこのサイズの人には、これくらいのものをつけときゃ、大丈夫でしょ」

と、Aカップがほとんど売られなくなったのを反映して、Bカップ以上の胸の人の平均値で作られているようだ。自分の胸の頂点が、キャミソールのカップの頂点に、まったく届かない。標高差がものすごいのである。前からカップが大きめだったのを、我慢してきたのに、ごまかしがきかないほど、がっぱがぱになってしまった。

カップ内に収まる胸がないものだから、体を前に傾けると、ほとんど空のカップ同士が中央に寄って重なり合ったりする。つけ心地も悪い。傍目にはカップが重なり合ってボリュームが出るため、とっても巨乳に見えたりする。若い人だったら何枚もパッドをいれたりして底上げするのだろうけれどそんな気もなく、カップが取りはずせないので、

泣く泣く処分するしかなかった。私は妊娠出産などでの体形変化を経験していないので、こんなにサイズが変わったのははじめてで、大は小を兼ねないのがわかった。小は小なりに体にフィットするものを着用するのが大切なのである。

これから歳をとるにつれ、下着には快適さを求めるようになるだろう。うちの近所のスーパーマーケットの衣料品売り場に行くと、奥のほうに下着売り場がある。手前にあるのは比較的若向きのもので、そのまた奥にはおばちゃん、おばあちゃん向きのものがずらっと陳列してあって、ものすごく安い。しっかりした綿素材で、質実剛健な風情を醸し出し、手が後ろに回りにくくなるのを考慮した、ホックが前についている肩紐がやたら太いブラジャーやら、冷え予防のためのロングパンツも、各種取り揃えられている。

おばあちゃんになって、着られる下着は世の中にどのくらいあるのかしらと、インターネットでいろいろと探してみたら、ズロースまで売られていた。おまけにめっちゃくちゃ安い。ハンロのパンツの十六分の一の値段である。安さに惹《ひ》かれて試しに一枚購入して穿いてみた。まあ、似合うこと、似合うこと。最初はうれしくてはしゃいでいたが、あまりに似合いすぎているのを見ているうちに、「女」として悲しくなってきた。

おばちゃん、おばあちゃん向きの実用的なパンツは、男子中高生が穿くブリーフと同じ素材のような気がする。今時の男の子たちは、もっとお洒落なものを穿いているだろうが。同素材というだけで、ブリーフの前を縫い付けて穿いているわけではないから、恥ずかしくはないけれど、女としてこれでいいのだろうか。誰に見せるわけでもないのだが、もうちょっと女らしい何かがあったほうがいいんじゃないのだろうかと、さすがの私も考えた。といってもけばけばしかったり、派手なデザインのものは苦手なのは変わりがないし、ハンロに戻るほどの財力もない。

人の目につく服ばかりにお金を使い、下着がどうでもいいというのは、女としてよろしくないのは事実である。かといって、世の中には高価な下着はたくさん売られているものの、そこまでじゃなくてもいいという気持ちもある。身につけて不愉快ではなく、そこそこ女らしさを満足させてくれる下着が欲しい。

現在使用しているシルクのものは、快適ではあるが、女らしさという点では、シンプルすぎていまひとつである。自分はどんな服を着たらいいのかと悩んでいるうえに、また難題が増えた。下着はつけないわけにはいかない。二十年近く、下着専門店には足を踏み入れていないが、今度、ちょっとだけのぞいてみようかと、思いはじめているところである。

十四　寝巻きの好みは千差万別

私は子供の頃から、ネグリジェタイプの寝巻きとはとても相性が悪かった。うちでは子供の衣類は、ほとんど母の手作りだったので、一緒に布地店に行き、自分が選んだ気に入った柄で縫ってもらっていた。

いつもはパジャマばっかりなのに、

「たまにはかわいいのもいいと思って」

と母は、パジャマになるはずだった、明るい緑色のギンガムチェックの木綿で、襟元と裾にフリルのついた、膝下丈のネグリジェを縫ってくれた。今までの弟と同じデザインのパジャマより、ずっとかわいらしい寝巻きだった。私は大喜びでそれを着て、お姫様気分で寝た。

翌朝、起きたときは最悪だった。ネグリジェは胸までまくれ上がって腹が丸出しになっていて腹を下した。母はやっぱりパジャマにしておけばよかったと、とても後悔していたが、私はそれよりも、お姫様が腹丸出しで寝ていたことに衝撃を受けた。自分はお姫様にはなれないと、悟った日でもあった。

家族旅行のときの旅館で、備え付けの浴衣風寝巻きを着て朝起きると、打ち合わせが見事に左右に分かれ、胴体には紐しか巻いていないような状態になった。高校生のときに知り合いから、お嬢さんにときれいなネグリジェをいただき、せっかくいただいたのだからと着て寝たら、やっぱり腹が丸出しになった。足首までの長さがあるのに、それがどうしてこんな上までまくれ上がるのかと首をかしげたが、想像を超えるほど、私の寝相が悪いのが原因なのだ。

その後、あんな姿になったのは、若くて元気だったからで、ある程度、歳をとったらそんなこともないだろうと、ネグリジェと呼べるほど女っぽくない、シンプルなワンピース式寝巻きにチャレンジしてみたが、まくれ上がるのは同じだった。パジャマを着ているときには上着はまくれ上がらないのに、なぜネグリジェだとまくれ上がるのか不思議で、寝ているときに私の潜在的な意識が動き出し、いやがって脱ぎたくなっているのかもしれないと考えたりした。

なので私の寝巻きは、パジャマ一辺倒である。これまで選んできたパジャマは、チェックかストライプ、無地のものばかりだった。ほとんどふだん着ている服と同じような柄と色ばかりである。なので洗濯物を干すと、ブルー、ベージュ、白がほとんどなので、この部屋には男性が住んでいると思われても仕方がないくらいである。寝るときに赤っぽい色を着ると、どうも落ち着かないのだ。

ところが二十年ほど前にイタリアに旅行に行ったとき、町の人が買い物をするスーパーマーケットで、ごくふつうの襟つきのシンプルな形で、ものすごくかわいい柄のパジャマを見つけた。白地の柔らかい木綿でズボンと上着の裾のところに、直径が五ミリほどの赤い小さな花とつぼみに、鮮やかな緑色の葉っぱが三枚ついたひとつの柄が密集している。上にいくにつれて密集の度合いが低くなり、裾から二十五センチくらい上には、ひとつの柄だけがとんでいる。仰々しくなくさわやかで、ひと目見て気に入ってしまったのだった。スーパーマーケットに置いてあるくらいの普及品なので値段も安く、とても満足した買い物だった。そのパジャマは着心地がよく、洗濯をしても襟ぐりの汚れが取れなくなると、襟をはずして、汚れていないところでテープ状のものを作り、それで襟ぐりをくるんで、襟なしのパジャマとして着ていた。そしてふらっと入った下北沢《しもきたざわ》の雑貨店で、まったく同じものが何倍もの値段で売られているのを見て、びっくりしたのだった。

そのときから、柄物を着ると楽しいなと思いはじめたものの、下手にプリントのものを買うと、染料で肌がちくちくする場合が多かったので、ずっとオーガニックコットンの、無染色の生成り色のパジャマを着ていた。Tシャツのような生地で男女兼用だ。冬場はネルの無地である。女性用となると、飾り物がいろいろとくっついているのが、気に入らない。男性向きのシンプルですっきりとしたデザインが好きなので、男女兼用のオーソドックスなデザインのものを探すほうが、好みのパジャマに出会う確率が高いのだった。

女性のなかには、寝巻きには特に女性らしいものを選ぶ人もいる。ずいぶん前、男性四人、女性四人で、男性のうちの一人が所有している別荘に遊びに行った。男女とも誰ともカップルになっているわけではなく、ただの友人集団である。夜になって男女に分かれて寝るとなったら、女性は私を含めてみなパジャマだというのに、Qさんだけがピンク色のかわいいベビードールを着ていた。

「わあ、どうしたの」

「まあ、かわいい」

などと、女性たちは彼女のフリルたっぷりの、ちょっと透けるかわいい寝巻きの感想をいい、Qさんはトイレに行った。そして戻ってきたら、ものすごく怒っていた。彼女はトイレの前で、用を足して出てきた仲間の男性とでくわした。多くの場合、女性のそんな姿を見たら、彼女に恋心を抱いていなくても、男性は「おっ」となるのではないかと思うけれど、彼は、突然、顔をしかめて、

「何だ、その格好は。みっともない。そんな姿でうろうろするなっ」

と真顔で怒ったというのである。

「せっかくサービスしてやったのに。男どもを悩殺できるかと思ったら、あんな奴《やつ》に説教されたわ」

悩殺できるかどうかは微妙なところだが、真顔で怒ったというのは意外だった。

「ふんっ」

Qさんは布団の中に入っても、いつまでも怒り続けていた。彼は友人として、

「それは、いかん！」

ときっちりいっておかなければと考えたのだろう。彼女は男性がいるからといって、わざわざこの旅行のために、着慣れないベビードールを持ってきたわけではない。ふだん着ている寝巻きを持ってきて怒られたのである。もし私がいつものパジャマを着ているのを見られて、

「そんな男みたいなパジャマは着るな」

といわれたら、やはりむっとする。女性の寝巻きの好みも千差万別なのである。

何年も私は色気も素っ気もない男女兼用のシンプルなパジャマばかりを着ていた。それでも何とも感じていなかったのだが、問題が起きたのが二〇一〇年の猛暑である。夏場でも襟付き、長袖、長ズボンが私のパジャマの基本だったのだが、いかんせん暑かった。上着はやめて、ちょっと外に着て出られなくなった半袖Tシャツにしてみたものの、同じように暑い。涼しく寝たいと年下の知人に愚痴をいったら、

「Tシャツ素材って意外に暑いんです。いちばん涼しいのは、襟ぐりも袖ぐりも広くあいた、昔、おばさんやおばあちゃんが着ていた、あっぱっぱみたいな風が通る寝巻きですよ」

と教えてくれた。へえ、そうなんだとうなずきながらも、私は彼女に、そういう形のものを着ると、腹が丸出しになるとは告白しなかった。考えてみれば、Tシャツ素材は伸縮性には富んでいるが、汗をかくとなかなか乾かないし、汗を吸って重くなって体にまとわりついてくる。薄手の木綿で体にくっつかないもののほうが、たしかに涼しそうだ。

夏の素材としては、表面がでこぼこした織りの、リップルやサッカーといった生地があるけれど、下手をするとどうしても、中途半端にババくさくなる。そこで試しに今まで着た経験がないタイプの、夏のパジャマを購入してみた。襟が大きく開いていて五分袖。胸元にギャザーが入っていて、裾に向かって広がっている。パンツは七分丈である。素材はシングルガーゼで、お試しなのだからと、思いきって鮮やかなブルーグリーンの地に五センチくらいの大きさの花模様がとんでいる柄を選んだ。

これを着て寝たら、まあ、これまで着ていたTシャツ素材のパジャマに比べて涼しいこと、涼しいこと。まったく着心地が違う。腹も丸出しにならないし、喜んで着ていたら、急に気温が下がった夜が続いて、ちょっと風邪をひいた。それでもシングルガーゼはとても気持ちがよかったので、同素材で襟付き長袖、長パンツのものも購入し、気温によって着分けている。

いろいろと話を聞くと、東日本大震災の後、若い女性たちは、いったい、どういった格好で寝たらいいのかと悩んでいたそうだ。準備万端で寝ていれば安心だろうが、現場で待機している自衛官ではないのだから、ふだんのベッドの中ではそれは無理だ。阪神・淡路大震災の後、高齢者に対して、

「着物風の寝巻きだと、俊敏な行動ができず、足の動きの妨げになるので、できるだけパジャマで寝たほうがいい」

と指導がなされたという話を聞いた覚えがある。必ず地震は来るわけだから、大事になったら夜中でもすぐに避難しなくてはならない。しかし彼女たちは、これまでの寝巻きだと、とてもじゃないけど外に出られないという。

「冬場はともかく夏場の深夜だったら大変です。着替えなくちゃってあせっているうちに、逃げそびれるのは確実です」

さすがに真っ裸はいなかったが、夏場は相当、露出は多そうだった。これまで私が雑談のなかで、寝巻きについて聞いた話を総合すると、このまま外に出るのはと躊躇《ちゅうちょ》した格好のなかで、「そうだろうなあ」と同意したのは、白地にピンクの花柄のキャミソールと、フレアパンツのセットの下着だった。下着で寝ている人は明らかにまずいが、

ひと目でそうとわからない柄や素材だったら、上はキャミソールやタンクトップ、下は短パンで大丈夫ではないだろうか。日中だって、肩や太もも丸出しの露出が多い服装をしている女性もたくさんいるのだから、そんなに恥ずかしがることはないんじゃないかと思ったが、同じ露出度でも、彼女たちのなかには、外出向き、寝巻き向きという区別があった。

「とにかく寝巻きはひどいです。外に着て出られなくなったスウェットものを部屋着にして、それもだめになったものを寝巻きにするんです。自分でもいまいちだなって呆れるくらいなんですから」

「枕元に薄手の羽織物を置いておいて、揺れた瞬間に、着るっていうのはどう？」

そう提案しても、きっと気が動転しているので、羽織る訓練を重ねないとだめなのではないかと、首をかしげる。避難経路を確認する前に、人様の前に出られる姿になる訓練をしなくてはならないのは、さぞかし大変だろう。

「あの地震から、ちゃんとした寝巻きを着るようになったという人も多いんです」

地震は若い女性の寝巻きにまで影響を及ぼしたようだった。

パジャマはどれも大して変わらないと思っていたが、実は大違いだった。人それぞれ素材や形の好みはあるだろうが、部屋着よりもよく考えて選んだほうがいい。実際、涼しいと喜んだ夏のパジャマ一枚の値段は、ふだん着ている部屋着の上下の二倍の値段だった。部屋着は友だちや宅配のお兄さんたちに見られる場合もあるが、パジャマ姿はうちのネコしか見ない。それなのにどうしてとため息をついたが、着心地がいまひとつのパジャマには戻れない。こんな調子では、これからは外出着よりもパジャマにお金がかかってしまうのではと、少し心配になっているのである。

十五　基本の一着はどこに

多くの女性はたくさんの服を持っているのに、着回しに興味を持っている。着回しは、数少ないアイテムを組み合わせるわけだから、服をたくさん持っているのなら、片っぱしから着ていけば、そうする必要はない。服を持っていないのならともかく、あるのに悩むというのは、服の選び方に問題があるのだろう。

私はOLの頃から、女性にしては少ない枚数の服しか持っていなかった。それでも服を買うときはうれしくなり、新しいジャケットを買ったときは、

「これは寒くなったら、あのスカートに合わせよう。今まで持っていたジャケットは、ちょっと古くなってきたし」

と胸が弾んだ。しかしスカートと組み合わせて鏡の前に立つと、どうも違う。自分の頭の中で思い描いていたより、ジャケット丈が微妙に長く、とても野暮ったく見える。お気に入りのスカートも、新しいジャケットも、とたんに輝きが失《う》せていく。他のスカートならどうかと合わせてみても、何かが違う。いつも不思議に思うのだが、店の鏡で

見たときは、

「これはいい！」

と思うのに、どうして家の鏡だといまひとつに見えるのだろうか。

私が若い頃、本当かどうかは知らないけれど、店の鏡は痩せて映るような細工がしてあるという噂《うわさ》があった。そのときに素敵と感じても、家のリアルに映る鏡を見ると、

「あれ？」

と首をかしげるはめになるという。その「あれ？」が本当の自分の姿なのだから、それに納得すればいいのに、納得できないのが女心なのである。家の中の自分のほうがおかしいのではないかと錯覚してしまうのだ。

その噂を聞いてから、私ははじめて行った店で試着をするたび、

「これは痩せて見える鏡なのでは」

といってみた。すると店員さんは必ず、

「あら、そんなことはありませんよ。ほっほっほ」

と笑った。しかしその「ほっほっほ」に、

（なんか怪しいな）

と感じたのだが、それがなんだかわからなかった。服を買うときに無意識に体形を底上げしてしまったために、そっちのほうのイメージが強烈に頭の中に残って、幻覚のよ

うになってしまったのか、体が細く見えるように鏡に細工がしてあったのか、わからない。街のショーウィンドーに映った自分を見て、ぎょっとしたあの姿が、店の鏡の中にはない。

「いったいあの、街中でよく見かける、寸詰まったデブの私はどこに行ったの？」

といいたくなるほどであった。

そのような錯覚かテクニックかわからないけれど、それによって購入してしまった、「買ったままでずーっと待機中」

がタンスの肥やしになっている。一度、失敗したとわかったのだから、次から気をつければいいのに、どういうわけか同じ過ちを繰り返す。我ながらアホではないかと呆れる。次は失敗しないぞと固く誓って、失敗するのである。無邪気に失敗するより質《たち》が悪い。

たとえばずっとテーラードカラーのジャケットを着ていたとする。そうなると自分の着た姿も見慣れているので、同じデザインのジャケットならば、多少なりとも知恵はついていて、経験が役に立つ。しかしデザインが違うジャケットの場合、自分がそれを着た姿をはじめて見るので、判断がつかない。明らかに似合う、似合わないが判断できるのならば楽だが、だいたい、

（これって、似合ってるのかしら）

とちょっと心配になる。これが落とし穴なのである。正直な店員さんだと、別の素材や別のデザインを勧めてくれたりするが、とにかく服が売れればいいという人の場合は、こちらが疑問点を口にしても、「そういうものですよ」「見ていてこちらは気にならないです」などという。私もその言葉にのせられて購入し、一度も着たことがない服が溜まっていった。考えてみれば、どんなに似合わない服であっても、そういうものだと思えば着られるし、着ている本人じゃないのだから、こちら（他人）は気にならないのは当たり前なのだ。

そういったタンスの肥やしをなんとか処分しなければと、一度も袖を通していないものは、バザーや海外の衣類が不足している場所に送って減らしに減らした。ここで私は、「着回しのきくワードローブ」を目指したのであるが、これがまた大変だった。ずいぶん前に、知り合いのスタイリストの女性に、ショートヘアにいつも寝癖がついていて、ボーイッシュなファッションの、私の担当編集者の若い女性が、

「私はどういうファッションをしたらいいですかねえ」

と聞いた。するとスタイリストの彼女は、

「ともかく持っている服を全部捨てて。小物もよ」

といったので、同席していた私は噴き出してしまったのだが、まさにそのとおりという気がしてきた。中途半端に残した以前購入した服を基に、今、着回しのきくワードロ

ーブを作ろうとしても、素人には難しいだろう。とにかくバランスが大事なので、あちらこちらを仕立て直さなければならず、そちらのほうが手間とお金がかかりそうだ。

それならばいっそ、一度ゼロにしてしまい、新たにスタートしたほうが楽だ。同じショップやメーカーの服で揃えたら、それなりに無難なワードローブが出来上がるが、面白みには欠ける。といっても自力でスカートに合うジャケットを探そうとしても、世の中にある品数があまりに多くて、手に負えない。素材もさまざまなので、色がぴったりでも素材感が合わなかったりする。

「頼むから、誰か予算内で私のワードローブを作って」

と叫びたくなるくらいであった。

少しでもワードローブ作成の参考になればと、パーソナルカラーの本も買ってみた。似合わない色を選ぶと着なくなるというのは本当だろうが、そもそも似合わない色を購入するのだろうかと、本を見てみたら、私も似合わない色の服をたくさん買っていたのが判明してびっくりした。私の見た本は、似合う色のイメージから、春、夏、秋、冬の四種類に分けてあった。私は夏タイプだった。なのに手持ちの服は秋タイプの色、茶系のものがとても多かったのだ。夏タイプはどんな色であってもはっきりした色合いではなく、紗《しゃ》がかかったような中間色で、夏のイメージの爽《さわ》やかな色が似合うと書いてあった。濃紺、グレー、茶といった、制服のような色が好きな私にとっては、正反対の柔らかい色目ばかりだった。そのなかに紺色、オフホワイトなど、私の好きな色もあったのでほっとしたが、ピンクやパステル調のグリーンなど、一生、着ないような色も多く含まれていた。

自分に似合う色を知っていれば、服を選ぶときにも楽だろうし、着回すときのインナー選びも楽になる。ところがである。まずそれらの色と同じ服があるかというのが問題だ。紺、茶、グレーならば選びやすいけれど、気に入ったデザインがあるかというとこれまた問題なのだ。コム デ ギャルソンで夏タイプの色の服を選ぼうとしても、ない。試しにたまたま持っていた私に似合う紺色のスカートに、これまた似合うらしいピンク色のセーターを買って合わせてみると、これが野暮ったい。似合う人もいると思うけれど、私が着ると本当にひどく、似合う色のグループ同士の組み合わせは、オフホワイトと紺色以外、ちょっと難しかった。これは自分の勘違いではなく、明らかに似合わなかったのだ。

コンサバなスタイルをしている人には、これは役に立つだろう。基本的なスーツの色を決めて、パステル調の色合いのブラウスやスカーフを巻いたりしたら、とても素敵だと思う。しかし私はそういうタイプではないのである。パステルカラーが似合うような、楚々とした奥様、お嬢様ではなく、神経の図太い腹黒いおばちゃんなので、髪、目、肌の色がそうであっても、中から外にしみ出てくるそういった性格が、爽やかな色合いを拒絶しているのだ。一対一で、パーソナルカラーの専門家からアドバイスを受ければ、また違うのかもしれないが、私にとってはあまり役に立たなかった。

書店で『NY流シーナのブラックドレスで365日：The Uniform Project』（シーナ・マテイケン著　メディアファクトリー刊）という本を見つけて読んでみたら、これは彼女のコーディネートの記録であると同時に、ユニフォーム・プロジェクトという団体の活動のひとつだった。彼女は自分でデザインした同じ形のブラックドレスを七着作り、新しい服や小物を購入せずに、毎日違うコーディネートをサイトで紹介して、寄付を集めてインドに学校を建設した。活動の趣旨に賛同した人々から寄贈された品や中古品をネットオークション等で入手したり、自作したりして着回す発想がとても面白かった。それと同時に人々の役に立ったというのもすばらしい。

その365日着回し可能な、ミニ丈のブラックドレスは、前後を逆にしても着られ、前身頃はボタン留めになっているが、比翼仕立てなので、目立たない作りになっている。最大限に着回し可能な服をと、彼女のアイディアが凝縮されたドレスなのだ。市販のドレスでこういったものを見つけるのは難しく、サイトでも人気が出たので、パターンを公開していたようだ。私はこのとおりには真似できないが、この本は見ていてとても楽しく、感覚的に刺激を受けた。

基本的に彼女は新品を買わない主義なので、コーディネートするのは古着だったりリサイクル品だったりするから、流行を追えるわけではない。それでもとってもかわいい。一方、少ない品数で着回しをするため、気に入ったもののみ残して、そぎ落としたはずの服を前にしても、それらから新たなワードローブを作るのは、自分には難しいとお手上げになった私。どうしてそうなったのかを考えると、そこにはやはり、どこか「流行」の二文字が頭の片隅に残っているからだ。すべてを捨ててゼロからやり直したとする。すると一、二年はなんとか持ちこたえられるが、三年、四年と経つうちに、きっと、

「なんだかなあ」

という気持ちになるだろう。全体に流行遅れの雰囲気が漂ってくる。そしてそこに流行りのアイテムをいれても、いまひとつ。そしてまたゼロにして、ワードローブのやり直し。これでは意味がない。

これから着回すためのワードローブを作ろうとしたら、基本の服はシーナが考えに考えてデザインしたブラックドレスのように、どこから見ても自分に合ったものでなくてはならない。彼女のドレスをそのまま真似したとしても、着回しがうまくいくとは限らないから、まず自分なりの基本服を見つける必要がある。ある人はスーツだったり、ある人はミニ丈ではないワンピースだったりするだろう。着回しの本や雑誌の特集はヒントは与えてくれるけれど、個々に必要な基本の服は、誰も教えてくれない。

「そうだ、誰も教えてくれないのだ」

気合いをいれて口に出したものの、六十を過ぎて、まだそんなことをいってるのかと自分に呆れた。今まで百万回、つぶやいたような気がする。

「ぐずぐずいってないで、なんとかしろよ、まったく」

爽やかな色合いを拒絶する、どす黒い思いが腹の底からわきあがってきて、懲りていない自分に呆れてしまったのである。

十六　在庫と収納

私は一人暮らしをはじめてから今まで、洋服を掛けるタイプの洋服ダンスを持ったことがない。本以外の持ち物が少なかったのと、年を追うごとに賃貸のアパートやマンションが和風よりも洋風の造りになっていったため、すでに部屋にクローゼットがついていたので、買う必要がなかった。今住んでいる部屋にもクローゼットがあるので、洋服の収納はそこと、三十年ほど前に購入した、米軍放出家具を復刻した二棹《さお》のチェストのうちのひとつが、セーターなどのニットものの収納場所になっている。ベッドルームのクローゼットには、それなりに洋服は掛かっているが、別の部屋のクローゼットには、夏、冬の喪服のスーツ二着とコートしか掛かっていない。洋服がぎっちり詰まっているわけではないのである。

洋服などの収納をするためには、所有している枚数をきちんと把握するのが大切だと、よくいわれる。たしかに全体量がわからないのに、それがどこにどうやっておさまるか、わかるわけがない。これまで一度も枚数など数えたことがなかったので、試しに外出用と普段着と、どれくらい服を持っているのか数えてみた。その結果、肌着、スカーフや靴下などの小物類、パジャマ、喪服二着を除いた枚数は六十枚だった。このなかにはTシャツも含まれている。他の人と比べたわけではないので、この数が多いのか少ないのかはわからない。ただ数えている途中で、サイズが変わって着られなくなり、そのなかで直してまで着る気はない服を発見して、パンツ、スカート、シャツブラウスなど八枚を処分した。なので現在五十二枚である。私は家で仕事をしているので、これでもまだ多いなと感じているのに、いざ出かけるとなると、いつも、着るものがないとため息をつくのだ。

秋と残暑がまじった微妙な気温の日に出かける用事があり、クローゼットを開けてみたが、いったい何を着ていいやら見当がつかない。いくらふだんに比べて暑いとはいえ、真夏の格好をするわけにもいかず、かといって秋まっただなかの服装は見るからに暑い。

コットンストレッチのジャケットと、セミフレアのスカートを合わせてみたが、微妙にバランスが悪い。スカート丈に合うバランスのジャケットがあるにはあるが、真冬向きで地厚すぎる。それではこっちのカットソーと合わせて、薄手の巻き物をするかと考えてみても、いまひとつぴんとこない。

もしかしたらバランスが悪いのではなく、もともとこのスカートが私には似合わないのではと考えたりもした。それではスカートはやめて、パンツにするかと細身の黒いパンツを出してみるが、お尻が丸出しになるのは気になる。となると上に合わせるものが限られ、

「これではちょっと夏っぽいし、こっちはカジュアルすぎる。こっちはこのままではちょっとババくさい」

とこれまた決まらない。あれこれ洋服を手にとって、悩んでいる最中、

「どうしてさっさと決められないんだっ」

と手にした服を部屋の隅に投げつけたくなったくらいだった。

そんなこんなでいたずらに時間が過ぎるばかりで、結局、濃い灰紫色の厚手の麻のチュニックの下にその黒いパンツを穿き、襟元に紺地に白い柄の麻の巻き物をした。シルクのスカーフを巻いたら、いまひとつ素材感が違う気がしたので、結局、麻になったのである。昔は麻は八月で終わりといわれていたのに、はたして私の姿はこれでいいのだろうかと首をかしげつつ、家を出た。たいした格好でもないのに、ここにたどりつくまでに、大騒ぎをしたことを考えると、いったい何なんだろうかと、我ながら呆れるしかなかった。

私は着物などの直線的なものをたたむのは、何枚でも苦にならないけれど、ダーツが入ったもの、ブラウスやシャツ類をたたむのがとても苦手である。基本的にニットは別

として、洋服はたたんで収納するものではないと思う。チェストの中にはニットしか入れていないのだが、いちばん下のセーターをひっぱり出してみたら、余計なたたみ皺が入っていた。おおざっぱにたたんで入れた結果である。

出番の多い薄手のものにはたたみ皺が入りやすく、目立つ場所にあると、出かける前にスチームアイロンを当てて、皺を伸ばさなくてはならない。そのたびに、

「めんどくさー」

とうんざりする。アイロンを出すのも面倒なときは、試しに皺のところを揉《も》んでみたりする。これで皺が伸びるのではないかと期待したものの、そううまくはいかなかった。ニットは筒状にして引き出しに入れておくと、皺にならないと聞いて、そのようにしてみたが、薄手のものはどうしても横皺が残りがちだった。

最近は皺対策のために、薄手のセーターの場合は、表面がでこぼこした編み地を選ぶようになった。これだとたたみ皺が入りにくいし、入ったとしても目立たないのでとても便利だ。しかし洗濯後のアイロンがけには注意を要する。あっちが○だとこっちが×といった状況で、うまくいかないのだが、なるべくたたまなくて済むようにと、そればかりを考えている。ショップのディスプレイのように、どこの引き出しを開けても、いつ誰に見られてもいいように、ぴしっとたたんで入れている人もいるらしいが、私にはとうてい無理だ。必死に誰にも見られないようにするのが、精一杯である。

若い頃は、ハンガーに服をかけると、その上に服をかけ、一本目のハンガーにひっかけるように、服をかけた二本目のハンガーをかけ、またその上にかけるという、服の鈴なり状態で、そのうち重さに耐えられなくなって、どさっと音をたてて一気に床の上に落ちるのを、何度も繰り返した。ちっと舌打ちをして拾い上げるものの、服そのものを処分しようとはしなかった。カーテンレールにカーテンの代わりのように、服をかけたハンガーをずらっと並べていたこともある。

しかし四十代から五十代にかけて、明らかに体形や顔と合わないものが増えてきたので、ここで服を淘汰《とうた》した。それから服の鈴なり状態もカーテン代わりもなくなった。以前よりは量も減り、服を入れ替える必要もない、一年分の洋服が全部見渡せるクローゼットであるが、それでも着るものがみつからないのは、中に収納してある服自体の問題だ。愛着があって涙ながらにお別れした服はともかく、今までに処分した服のほとんどは思い出せず、

「あれがあったらよかったのに」

と後悔する服は一着もなかった。処分した使えない服はもちろん、目の前に並んでいる服も、ＴＰＯに応じてさっと選べないというのなら、いったい私はこれまで何を買っていたのかと首をかしげたくなった。もしかしたら本当は必要な服を処分して、それに気がついていないという場合もあるが、まあ、処分したものは戻ってこないので仕方が

ない。

ただ、洋服が好きな人が、つい目についた服を買ってしまい、持っている服が手放せない心理はよくわかる。何とかしなくちゃと思っていても、家に帰るのがうんざりするのでなければ、みんながみんな、すっきりとものののない生活をする必要はない。人それぞれなのだから、ものに囲まれて幸せな気持ちになる人だっているのだ。

ゴミ屋敷は論外だが、私はうわあと叫びたくなるくらい、ものがたくさんあるなかで、幸せそうに暮らしている人はすごいなと感心する。ものがあふれている部屋の写真を見るのは、すっきりと片付いた部屋の写真を見るのと同じくらい好きだ。だけど、私はものがたくさんある自分の部屋は耐えられない。それはなぜかというと、すべてのものを心から気に入ってはいないからだと思う。ものがたくさんあっても、住人にとって幸せな気分になる部屋は、その人がもののひとつひとつすべてが好きだからだ。一方、本当に好きで必要なものは持っているうちのごく一部なのに、そうではないものが目に入るから、いつも、

「何とかしなくちゃ、片付けなくちゃ」

と感じてしまうのだろう。

そうなったら処分するしかない。あまりに一気にやってしまうと、本当に着るものがなくなってしまうので、様子を見ながらやっている。着物があればこれからの衣生活は

カバーできるので、極端にいえば洋服はゼロでも生活できるけれども、さすがにそこまでは踏ん切れないので、目標としては所有枚数は二十枚から三十枚の間を目指したいと思っている。

着物は寸法が違う人のところに渡っても、また自分の手元に残して年月を経ても、仕立て直しが可能だし、それが着物の楽しみでもある。かつては洋服のほとんどはリフォームが可能だったけれど、今は大人の服を子供用にする以外、相当に難しい。リメイクの本を見てみたら、これがリメイクかと感心するほどの出来のよさだった。それはプロがやるからそうなるのであって、よほどセンスに自信のある人以外、手を出さないほうがいい。

シンプルな服やTシャツに、いろいろなパーツを買ってきて、それをつけてオリジナルのものを作るのは楽しいし、それほど大変ではないけれど、リメイクの場合は、ジーンズの腰の部分を残してスカートにするように、デザインとして活かすのは別にして、リメイクしたのがばれてしまうと、それは失敗なのではないだろうか。そして多くの場合、素人が手を出すと、もとの服よりもグレードアップできず、結局はいじり倒したあげくに、どうやっても着られない、貧乏くさい失敗作になりそうな気がする。もちろん私もその範疇に入るので、ちょっとした丈の直しは自分でするけれど、リメイクは禁物と肝に銘じている。町を歩いていると、リメイクのお店も多く見かけるようになった。

リフォームと同じように、「お金をかける価値がある服なのか」を見極める必要があるかもしれない。

テレビを見ていたら、六十過ぎの母親と三十代半ばの娘が出ていて、母親の思い出を引き継ぐために、服をリメイクして娘が着ているのだと話していた。母親が持っている服のデザインや柄は、流行が繰り返した結果、お洒落なショップで売っているものと似てはいるけれど、非なるものだったのだろう。母親が着ていた服を着ているという、精神的なつながりも大きい。

「昔は娘が引き継ぐのは着物だったのに、それが洋服になっているのだな」

と時代の流れを感じた。それでも母親の着ていた服を、娘がリメイクして着るのは素晴らしい。が、それだけの価値のある服を持っているのが条件である。次の代に譲れるほどの服は、それなりの材質のものだ。ところが今の服は、一代も持たない。

服を持つ枚数も収納の仕方も、個人の自由である。一枚の服をリメイクして、それが二枚の服に変わって枚数が増えたとしても、本人がそれで楽しく服が着られるのならば、それでいい。収納場所からあふれた衣類が、紙袋に突っ込んであったとしても、本人がそれでいいなら、それでいいのである。しかしやはり、ちょっといやだなと感じている部分があったら、それは問題なのだ。私の場合も、いちおう見渡せる分量の服なのに、ちょっと人に会うとなったら大慌て。

「服の選び方を根本的に間違っているような気がする」

ますます自分に自信がなくなってきたのであった。

十七　冬を乗り切る

いくら温暖化といっても、やっぱり冬は寒い。東京の場合、風が吹いていなければまだしも、風が吹くととてつもなく寒い。また都心に行かなくても、高いマンションが建っている周辺には、風が変化する場所があって、突風に襲われる。

「ひょえええー」

とあわててその場を立ち去るのだが、しばらくは体がしんしんと冷えている。

冬場の寒さ対策としては、女性は昔からババシャツが定番だったが、名前のとおりにババくさい色合いが難だった。防寒目的なので、V、あるいはU形にはなっているものの、襟の開きが詰まり気味で、外出するときにちょっと襟が横に開いた服を着ようとすると、首の両側からババシャツがのぞくのである。

私は襟ぐりが大きな服は着ないのだけれど、外出のときにはたまにボートネックを着る。すると襟ぐりの両端から見事にババシャツが見えるのだ。ババシャツの両肩の縫い目を、肩から落ちるくらいに目一杯ひっぱって、外から見えないようにしてみる。しばらくはババシャツは隠れていてくれるのだが、ちょっと体を動かして鏡を見ると、メリヤスの伸縮性によって元の位置に戻り、また見えている。

こうなったらババシャツか服のどちらかを着替えなくてはならない。冬場だって襟がつまった服だけではなく、別のデザインのものだって着たいのに、ババシャツのせいで、着る服が限られる。ちらっと見えただけでババ度が増す、ババシャツとお別れしたときもあったがやっぱり寒く、別れたくても別れられない、欠点もよーく把握している、腐れ縁の男を抱えているかのようであった。

その後、襟ぐりの開きがさまざまな、輸入品のババシャツが出回るようになった。ババシャツは試着できないから、中途半端な襟ぐりのものを買って、また服のデザインと折り合いがつかず、襟からのぞくのはいやなので、そのなかでいちばん襟ぐりが大きく、日本製とは違って、美しいレースもついたババ度が低い肌着を買ってきた。それはイタリア製で、私は、

「さすがイタリア製」

などと感心しながら、ソフィア・ローレンの姿などを思い出して着てみた。

イタリア人とは正反対の体形の、なで肩でちんちくりんの私が着ると、襟ぐりの深さが乳の半分くらいまできた。ボートネックのセーターを着ても、絶対に見えないものの、今度は胸元が寒くなった。首を覆うタートルネックのセーターを着ても寒いので、下に

襟ぐりが開いていないタンクトップを着るという有様で、いったい何のために着ているのかわからなかった。

ここ何年かは若い女性が寒さに弱くなってくれたおかげで、肉色ピンクやベージュのいかにもといった、メリヤスのババシャツではなく、さまざまな柄や素材のものが出てきた。私の場合、肌がちくちくしてしまうので、デザインが気に入っても着られないものも多く、なるべくそれを避けるために、いちばん下にシルクの七分袖か五分袖の薄手の肌着を着て、その上に防寒用のシャツを着る。それで寒ければシルクのシャツの下に、シルクのタンクトップを着る。

ヒートテックとサラファイン（現・エアリズム）の黒を一枚ずつ持っているのだけれど、私だけかもしれないが、両者の区別がつかない。もしかしたら両方ともヒート、あるいはクールなのかもしれない。

「温かくない感じがするけど、ちょっと間違えたかしら」

と首をかしげ、洗濯が終わった際に、わかりやすいように分けて置いたりするものの、ものを出し入れしている間に、ごっちゃになってしまい、着るたびにそれらを持ち上げては、

「どっちかなー」

と考える。手を突っ込んで温かく感じるほうを着たりしているのだが、それが当たり

かどうかわからず、もうどっちでもいいやと開き直り、温度調節は上に着るもので調整するようになった。

最近、みんなが困るのは、寒さではなく、温度差の問題だ。外も室内もほぼ同じように寒いのであれば、着るものに悩まなくて済む。外を歩くときと、電車内、会社などの暖房の温度差が困るのである。外を歩くのは寒いから、それなりの装備をしていくと、電車の中は暖房と人いきれで汗が出るほど暑い。そこで汗をかいて駅に降り立つと、目的地に行くまでに、汗をかいた体は冷やされ、到着するとまた暖かくなる。といっても汗が完全に蒸発するわけではないので、気持ちが悪いまま、しばらく過ごさなくてはならない。これからは節電の影響で、前ほど暖房も強くならないかもしれないが、それでも冬の寒さと暖房に冷やされたり温められたりする体は、本当に大変なのである。

前の章に書いた、自分の手持ちの衣類の枚数を調べているとき、十数年以上前に編んだセーターが二枚出てきた。太めのツイード糸で編んだもので、真冬でもそれを着た上に、ウールのオーバーではなく、レインコートを着れば十分に温かく、自分が編んだこともあって、とても愛着があった。ところがそのセーターにここ数年、一度も手を通していない。

家で着ればいいのにと思うのだけれど、うちにはネコがいるため、抱っこをせがんで胸に飛びついて顔や体をこすりつけてきたり、両前足で私の胸や腹を揉み揉みしたりする。そのときによだれも垂らすので、汚れてもすぐに洗え、爪でひっかけて穴があいても惜しくない衣類がいちばんなのだ。毛糸も輸入糸で高かったし、手間暇かけて編んだセーターを、みすみすネコのよだれの被害に遭わせるわけにもいかず、脱ぎ着が不便な分厚いセーターは、出番がなくなってきている。タンスの肥やしのままではもったいないから、分厚くても脱ぎ着ができる、カーディガンかジャケットに編み直そうかと考えている。

これから昔のような冬特有の気候に戻るわけはないので、この本でも何度か書いたが、薄手の重ね着が効率のいい温度変化の対策になるだろう。下着は厚着をすると簡単に脱げずにどうしようもないので、上に着るものを重ねたり脱いだり、マフラーやスヌードなどの巻き物を使うのがいちばんいいような気がする。

晩秋なのに日射《ひざ》しが強くて気温が高い日、買い物に出たらあちらこちらで、通りすがりの人に、

「落ちましたよ」「忘れ物ですよ」

と声をかけられているおばあさんたちを見かけた。彼女たちは日中、カーディガンを着て外出したはいいが、暑くなってそれを脱ぎ、買い物をして荷物が増えたとたんに、カーディガンのことをころっと忘れてしまった。あるいは買い物袋の上に載せたはいいが、途中で落としたのに気がつかない。私も気をつけなくてはとうなずきながら見てい

た。これからは日々の気温差や室内外の温度差のせいで、手荷物が増えるのは間違いないが、面倒くさがって体温調節を怠ると、風邪をひく原因になるので注意が必要なのだ。

真冬なのに室内でノースリーブの女性がいて、彼女たちが寒いといっていると、

「あったりまえだろうが」

と呆れていたのだが、永久脱毛をしている若い人に話を聞いたら、脇汗をたくさんかくので、真冬でも暖房で汗じみを心配する必要がないノースリーブを着ているのだという。以前、耳にした、永久脱毛をすると汗がたくさん出るという噂は本当だったのだ。

とにかく防寒よりも痩せて見えるのが第一の彼女たちは、下半身も薄着である。肌を出すとすっきり見えるという、誰がいったか知らないが、その教えを彼女たちは冬であっても、しっかり守っている。多少、季節感を出そうとしているのか、ノースリーブにファーがついていたりするけれど、下が地厚のスカートやパンツというファッションの人はほとんど見ない。薄手のひらひらとしたスカートか、ショートパンツを穿いている。唯一の防寒対策はブーツのみなのだ。たしかにブーツは温かいし、足元が温かいと寒いという感覚は薄れるが、腰回りを温めているようには見えない。冬場であんなに露出が多いと、防寒肌着は着られないし、どんなに薄手で温かい肌着を着ているのか知りたいくらいだ。

そういったスタイルの女性たちが、私の冬の格好を見たら、

「おばちゃん、下半身に着すぎてる」
と笑うだろう。基本は上半身で温度調節をして、下半身はただひたすら温める方式にしている。家にいるときや散歩や買い物などのご近所徘徊《はいかい》のときは、百パーセントパンツスタイルなので、チノパンツの下は、気温の変化によって、シルク、コットンの肌着の丈をボーイズレングス、膝下と変えていき、真冬はフルレングスになる。それでも寒い場合は、靴下を重ね履きする。これはずっと変わらない。

トップスのほうはいちばん肌に近い部分はシルクだが、その上に着るのは洗いのきくコットン素材が多く、どれも襟元が開いていないものを選ぶ。こちらも気温の変化によって、その上に厚手のコットン素材のカーディガンを着たり、それでも寒くなると洗えるカシミヤ素材のセーターになり、スカーフを首に巻いたりする。基本的に家で洗えるものばかりだ。Tシャツは重ね着するにも便利なのだが、レディース物は流行を反映して、襟ぐりが開いているものが多く、ウエストが絞ってあったり、袖丈も短くてあまり好きになれない。

部屋着でずっと愛用しているのは「L.L.Bean」のキッズ用で、Tシャツの基本形を崩さず、生地も丈夫で変によれたりもしない。値段が安いわりには長持ちするので、愛用している。ただし色によっては、かゆくなってしまったので、グレーの霜降りの無地一辺倒である。セーター類もここで購入している。

オーガニックコットンは「ピープル・ツリー」で販売されている定番ばかりだ。キャミソール、ボートネックの七分袖のTシャツ、Vネックのカーディガンが使いやすく、肌触りもとてもよいので、一年中着ている。

人によって体感はさまざまなので、みな好きなように重ねたり脱いだりすればよろしい。ただ事情はわかったものの、羽織物なしでの冬場のノースリーブだけはどうしても理解できない。私が冬場に着る衣類を眺めてみたら、以前に比べて圧倒的に薄手になっていた。なかに明らかに冬の雰囲気のオーバーコートと、古着風のジャケットがあって、これらは真冬でなくては着られない。私は毎年、冬が近づくたびに、その二着が着られると思うと、幸せな気持ちになる。やはり冬には冬らしい素材やデザインの服が着たい。

「ちゃんと着てあげるからね」

アホだと呆れつつ、撫でながら声をかけ、冬らしい気温の晴れた日が来るようにと期待するのだ。

十八　ままならぬ化粧

知人数人と雑談しているうちに、男の不細工、女の不細工という話になった。たとえば風采《ふうさい》のあがらないお父さんでも、テレビの変身コーナーで、プロの手が入ると、それなりに見栄えがよくなる。男性でも手を加えたり、気をつけていれば、不細工であっても何とかなる可能性はあるが、やはりメイクができないのは致命的だという結論に達した。

「ミッツ・マングローブやマツコ・デラックスを見ていると、やっぱりメイクの力ってすごいなと思います」

同席していた若い女性の言葉に、一同、深くうなずいたのであった。

私の通っていた高校は共学で進学する生徒がほとんどだったが、公務員になったり、銀行に就職する女子が数人いた。今もそういうシステムがあるかどうかはわからないが、卒業間近になると彼女たちのために、化粧品メーカーから美容部員がやってきて、化粧法を教える授業があった。進学希望の女子たちも、いったいどういうふうに化粧をするんだろうかと、興味津々だったが、進学希望者はその間、通常の授業を受けていたので、それを見学するのはままならなかった。

化粧の授業を受け終わった彼女たちは、化粧を落として素顔になっていたので、私たちはちょっと落胆したものの、どういうことを習ったのかと質問攻めにした。

「雑誌に載っているメイクの仕方と同じだったけど、個人的に教えてもらったし、似合う色を選んでもらってよかった」

と喜んでいた。化粧は校則で禁じられていたが、私服がOKなので、目立たない程度に化粧をする子もいた。ファンデーションは塗らずに、マスカラと薄く色がつくリップクリームを塗っただけで完全にすっぴんの私は、体育の授業が終わると化粧直しをしている彼女たちの姿を見ると、うらやましいような、彼女たちだけが大人になっているような気にもなっていた。

私もメイクに興味がなかったわけではないが、今の中学、高校生と違って、高校を卒業するまでは化粧はしてはいけないんじゃないかと自粛していた。雑誌の化粧品の広告や、メイクのテクニックページは食い入るように見て、いつか化粧をするときがきたらと胸をときめかせていた。母親がいないときには、三面鏡の引き出しから化粧品を取り出して、顔に塗ってみたりもした。しかしそのファンデーションは私の肌の色に合わず、塗ってもうす汚れた感じになって効果がない。母親はアイシャドーは使っていたが、マスカラはつけていなかったので、私が家にある化粧品を使っても、「まあ、素敵」とうっとりするような状況にはならなかった。口紅はちょっとずつ余ったものを溶かして固め、金属製の小さな容器に入れて、紅筆で塗っていた。母親はなるべく化粧品代も浮かしていたのだろう。

家にある化粧品で、いまひとつの効果がなかった私は、大学生になるとアルバイト代の一部で、化粧品を買うようになった。とにかく本とレコードばかり買い、着ているものはジーンズ一辺倒だった私に、母親は、

「いい加減、化粧や着るものに興味を持ったらどうなの」

とため息をついていた。なので私が化粧品を買って帰ると、

「やっとそういう気になったか」

と喜んでいた。

しかし当時は、プチプラコスメはほとんどなく、気楽に入れるドラッグストアもなかったので、化粧品を買うとなったら、美人の美容部員のお姉さんがいるデパートの化粧品売り場か、厚化粧のおばちゃんが店番をしている近所の化粧品店しかなかった。そしてどちらへ行っても、あれやこれやと他の化粧品もしつこく勧められ、それがとてもいやだった。最後の手段で、アルバイトをしたお金で買いにきたので買えません、と訴えると、デパートでは学生さんだからしょうがないと、やっとあきらめてくれた。しかしご近所の化粧品店のおばちゃんは、そんなことでは並べた化粧品を引っ込めず、

「学生さんはみんなそうだわよ」

などと真っ赤に塗った唇をぱくぱくさせながら、買え買えというので、うんざりした。たまにおじさんが店番をしていると、欲しいものだけが買えるので、彼がいるのを確認して店に入ったら、そのとたんに、

「お母さん、お願い」

と急にバトンタッチされ、白塗りに真っ赤な唇のおばちゃんが登場してきて、あわてふためいたこともあった。

当時、私がいちばん興味があったのは、アイシャドーだった。とにかく一重まぶたがコンプレックスだったので、少しでも大きく見せたくて、化粧品の効果に期待したのである。雑誌には、まつげの際にグレーやブラウンなどの濃い色を太めに塗るとよいなどと書いてあり、そのとおりにしてみると、たしかに大きく見えるかもしれないが、顔全体のバランスがどうも変なのである。

アイラインも当時はまぶたの粘膜の部分に描き入れるテクニックは開発されていなかったので、まつげの間を埋めるように描けといわれていた。しかし化粧が下手くそなものだから、息を止めて必死の思いでアイラインを引いてもうまくいかず、特に下まぶたは本来の目の下のラインから離れてしまい、あっかんべーをしているみたいになった。それではマスカラだけでもとつけてみても、まつげが下向きに生えている力が強く、い

くらビューラーで持ち上げても、まるでクマができたかのように、目の下が黒くなるので、私はアイメイクはあきらめたのだった。

当時、化粧品は学生や若いOLには高価なものだったけれど、新宿《しんじゆく》の高野で売っていた、イギリスの「BIBA」や「マリークヮント」は、色数も豊富でパッケージも格好よく、欲しい一色だけを買えたりしたので人気があった。きれいな色を眺めていると、素敵だなと思うのだが、それを自分がつけるとなると、どうしてもうまくいかなかった。赤みのある茶色をアイシャドーに選んで塗ってみたら、目元にパンチをくらったようになったり、柔らかいピンクを塗ってみたら、ふざけた日本人形である。化粧品を買っても、どうやっても活用できないので、それらのほとんどは死蔵品になっていった。

二十歳のときにアメリカのニュージャージー州で暮らしていたのだが、いちばんびっくりしたのは、化粧品の安さだった。日本ではデパートのみで高級品としてうやうやしく売られ、憧れていたフランスの「コティ」が、スーパーマーケットの一隅に、くるくると回転するスタンドにぶら下げて売られていた。私はコティのおしろいと口紅が合体できるデザインのコンパクトが欲しくて、社会人になったら買おうと考えていた。それもスーパーマーケットの化粧品売り場にぶら下がっていた。その反面、知り合ったアメリカ人のおばさんたちが、資生堂の化粧品はいいけどとても高くてねといっていて、お互い様かと思ったりもしたのだった。

私はそれらの化粧品を買って帰り、しばらくはそれを使っていた。使っていたのはファンデーションやおしろいだけだ。平たい顔にフェイスシャドーなどで無理に凹凸をつけるのも変だったし、もともと唇に赤みがあるために、口紅を塗っても思うような色が出ないので、リップクリームだけで済ませ、眉毛を描いてもうまくいかず、今でいえばイモトアヤコ風になるので何もしなかった。学校卒業後に就職した広告代理店での半年間だけは、上司の指示で化粧をしていたが、退職とともに元に戻り、三十代を前にして体質が変わったのか、敏感肌になってしまって、使える化粧品が制限されるようになった。それが長い間続いていた。

ところが、家で鏡を見たとき、

「こりゃあ、今のままだとまずい」

と気づいたのが、四十歳を過ぎてからだった。小じわも出てきて毛穴も開き、ほうれい線まで出ている。しかし敏感肌のせいで、隠したいところは多々あっても、肌に合わない化粧品が多いために、隠せない状況が長く続いた。色ものは二の次で、最低限、日焼け止めとファンデーションかフェイスパウダー。それを落とせるクレンジングを見つけるのを最優先課題にして、なんとかそれはクリアできた。外出時には唇の元の色からかけ離れない口紅をつけ、眉毛を描くようにはなったけれど、欠点を修正しようという気もなくなり、そのうち見慣れてこんなもんだと、なんでもなくなってきた。こういう精神が女性としていけないのだと思う。

中高年の化粧は難しい。私個人としては、濃すぎる人よりは、ちょっともの足りないくらいの人のほうが好きだし、すっぴんが心地いいという人はそれでいいと思う。うちに送られてきた週刊誌を見ていたら、女優のイタい若作りについての記事があり、ある人は厚塗りといわれ、ナチュラルメイクにしている人に対しては、ほうれい線がくっきりして目立つから、塗ってごまかしたほうがいいなどと書いてある。塗るなといわれたり塗れといわれたり、どっちにしたらいいんだよと、関係ない私でも文句をいいたくなる。肌の状態が若い頃とは違うのだから、女優とはいえ、考えているようにはいかないのだ。

子供の頃からずっと、平たい平安朝の顔だった私は、五十七歳になったらますます目元がぼやけ、顔がたるんできた。ふだんは日焼け止めを下地にして、その上にパウダーファンデーションかフェイスパウダーをパフでつけ、無色のリップクリームを塗っておしまい。試しにドラッグストアでプチプライスの頰紅《ほおべに》を買って、外出時に少しだけ塗ってみた。平たい顔に少し凹凸ができて、血色もよく見える。五、六百円で効果があるのだからありがたい。自分で化粧品を買うようになった十九歳から三十八年の時を経て、やっと頰紅にたどりついた。長い道のりだった。

マスカラはやはり目の下が汚れるので、次はマスカラなしのアイメイクに挑戦しようと考えているものの、どうもうまくいかない。コンプレックスだった一重まぶたも、肉が落ちて二重っぽくはなったけれど、ペンシルでアイラインを引いて目を開けると、ラインがすべて隠れてしまう。いっそレディー・ガガのように、まぶたに理想のぱっちりした目を描きたいくらいだが、世の中の賛同は得られないだろう。

化粧の上手な人に聞くと、とにかく「習うより慣れろ」だそうである。若い人は本当に化粧が上手だと感心する。化粧に関してスロー・スターターのおばちゃんは、そんなテクニックは会得できなかった。上まぶたにペンシルでアイラインを引くのでさえ一苦労なのだ。先日も久しぶりに練習するつもりで、まぶたに沿ってアイラインを目尻まで引いたら、自民党の石破茂《いしばしげる》衆議院議員の目つき、そっくりになってしまった。目尻はやや上がり気味にすればよかったとやり直してみると、目尻の部分が「目尻が下がっているので、上げてます！」と見事にばれていた。

歳をとればとるほど、見苦しくないようにしたいと考えているけれど、こんな私にアイラインは必要なのだろうか？　描いても「あっかんべー」や「石破」にならず、目元がはっきりした女になれるのだろうか。あれこれ考えているうちに、なんだか面倒くさくなってきて、まあ描かなくてもいいものだから、どうでもいいのかもと思いはじめ、またその結論かよと、自分でも呆れているのである。

十九　「いざ」に備える

　私はスーツなどの、改まったときの服がとても苦手だ。大学の卒業式のために母親が濃紺のテーラードスーツを買ってくれたが、そのときしか袖を通さず、入社試験のときもスーツを着る気にならず、自分で編んだ黒いタートルネックのセーターに、ブラックジーンズで行ってしまったので、社会人としてふさわしい服は、自分が着たくもないスーツ一着しか持っていなかった。

　なので就職しても最初は、母親が持っているなかで着られそうな服を借り、給料をもらうたびに少しずつ買い足していった。母娘ともども、ひらひらした女らしい服は似合わないので、その点はとても助かった。広告代理店という職種もあって、平凡すぎる格好はちょっとという雰囲気があるものの、ある程度きちんとしていて洒落た服は値段が高く、安月給のＯＬとしては手が出ない。財布の中身と相談して、見栄えもよく活用度が高い服を購入しなくてはならなかった。通勤のために持っている服の数も少ないし、当時は通勤用で死蔵された服など一枚もなかった気がする。

不祝儀の場合は濃紺のスーツの下に、母親の黒いシャツブラウスを着て済ませていた。喪服がわりには、光り物の飾りやボタンがついていない、黒か紺のスーツで代用できるが、ちょっと気を張る場で着るものに困った。葬式には胸を張って行けるけれど、それ以外の場所となると、頭を抱えるしかなかったのだ。

取引先との打ち合わせや、仕事がらみで上司のおまけで出席するような場には、そのためだけの服を購入した。たしか流行していた、DCブランドのブラウスとスカートがセットになった、ブラウススーツだったと思う。これならば上下別々にも使えるからと購入したのだが、ブラウスもスカートも、他の手持ちの服とは見事にバランスが取れず、ずっとセットで着るしかなかった。ただし七百円で購入した偽パールの短めのネックレスはとても役に立った。白いシャツでもパールをつけるだけで、ちょっと格上げの効果があり、本物が買えない私は、「困ったときの偽パール頼み」で過ごしていたのであった。

そういった服装を見て不愉快になる人はいないけれど、着ている自分は楽しくなかった。社会人になったら、いつ何時でも自分がしたい格好をするわけにはいかないので、

「今日一日は、自分好みのスタイルは捨てた」

と自分にいい聞かせて我慢していた。それは同期入社した人たちも同じで、終日社内での仕事のときは、斬新《ざんしん》な服を着ているのに、いつもの彼女と少し違う服を着ているな

と思うと、取引先との会食、打ち合わせがあり、彼女もやはり、そんな日は自分の好きなスタイルは捨てていた。当時の女性社員の憧れは、「ヨーガンレール」だった。しかし安月給のＯＬにはとてもじゃないけど手が出せず、素敵よねえといいながらため息をついていた。

ところがその会社は半年でやめてしまい、それ以降は、スーツやヒールのある靴が必要な会社はいやだと、カジュアルな格好でも平気な会社にしか勤めなかったので、たった二回の出番しかなかった濃紺のスーツはタンスの中で眠り続けるはめになった。気の張るような場に出る機会もなく、結婚式に呼ばれると「ROPÉ」で買った、紺色のすとんとしたシルエットのシルクワンピースを着ていた。そういう類《たぐい》の服にはまったく興味がなかったので、まず体が入り、色や柄がまあまあ気に入れば購入するという、ほとんど投げやりな選択だった。改まった服など着慣れないので、何を着ても女装をしているとしか見えず、とにかくこんな具合なので、私は歳はとっているけれど、いざというときの服に関して実践を積んでいないのだ。

会社をやめてからは、多少、枠がはずれ、当時よりは懐具合がよくなったので、少しは選択肢が増えたものの、やはりそれなりの場所で食事会などがあると、前々日から、

「いったい何を着ようか」

と頭を悩ませた。最近は仕事で人と会っても、そのなかで私がいちばん年長なのでそ

んなことはないが、当時、年上の女性が含まれているときには、自分が持っている服を、価格でABCのランクに分けて、なるべくAは避けるようにした。なかには他の女性が身につけているものに関して敏感な女性がいる。自分よりも高いものを身につけているとわかっただけで、不愉快と感じる面倒くさいタイプがいるので、初対面のときは配慮した。

それに加えて場所とのバランスを考える必要もある。カジュアルな雰囲気なのに、気張りすぎる格好はよくないし、その反対もよくない。なので事前に店をチェックして判断し、ふさわしいと思われる服のグループから選別をはじめる。ところがこの本でも何度か書いているように、このジャケットにこのスカートと目星をつけても、試着してみると微妙にバランスが合わず、それではこっちのスカートと持ってくると、何とかコーディネートできそうなのだが、そうなると履きたい靴とのバランスが悪いなど、絶対に一度では決まらない。やっと決まったと思っても、同じ格好で以前、同じメンバーで会ったのを思い出し、

「やっぱり少しは変えなくちゃ」

とあせったりして、外出する前にすでにくったくた。人と会うのは楽しいけれど、着るものを考えると、

「どうしよう」

いつも迷うのは昔も今も同じなのだ。

私が会社に勤めていた頃は、男性と同じように、女性も上下が揃ったスーツを着ていると、「きちんと感」が増した。胸元が開いているのは品がないといわれたし、襟無しの服は基本的にカジュアルな印象を持たれた。しかし今はそうではない。スーツを着ていても、制服以外では胸元が大きく開いたインナーを着ている女性のほうが圧倒的に多い。それでもＯＫになっている。デザインの選択肢も多いし、今の女性は、「いつ何が起こっても大丈夫」を選ぶのは簡単だろうと思うのだが、実はそうではないようなのだ。

特に会社に勤めていて、ある程度年数が過ぎると、下手な格好はできないし、かといってあまりに定番すぎるものもいやだし、自分なりのお洒落を楽しみたいだろう。ある日、私の担当編集者の女性が、仕事の打ち合わせで、高齢の女性と高級なレストランで会食をした。彼女としては自分が持っているなかで材質もよく、カットもきれいな、気に入っている無地のパンツスーツを着ていったら、会ったとたん相手に、

「あら、パンツなの」

といわれたのだという。後日、

「やっぱりまずかったのでしょうか」

と彼女に聞かれた私は、

「年配の人のなかには、パンツスタイルはカジュアルと、感じる人もいるのかもしれないわねえ」

と返事をした。

その方は戦前からヨーロッパでの生活が長く、ドレスコードに関しては厳しかったのだろう。ただ同じような生活環境にいた人でも、若い人がパンツスーツで来ても、何とも思わない人もいるはずなのだ。私も相手がパンツスーツで来ても何とも感じないけれど、たしかに私が学生の頃は、改まった服の範疇に、パンツスーツは入っていなかった。ちょうどパンタロンという名前でパンツスタイルが流行った頃で、ふだんは愛用していたけれど、冠婚葬祭にもOKというわけにはいかなかった。今は一般の参列者であれば、喪服のパンツスタイルは許されている。結婚式に招かれて雰囲気の合うパンツスタイルで出席する人もいるだろう。しかし私よりもずっと年上の方で、ドレスコードに厳しいとなったら、いくらスーツであっても、

「高級レストランにパンツスタイルで来るなんて」

と眉をひそめるかもしれない。

いちばん問題なのは、いざというときの服は、自分がふだん気ままに着ている、着たい服が着られるわけではないという点である。カジュアルな服装が好きでも、自信満々のコーディネートでも、上司と共に出席したり、仕事先の人間と会うとなったら、まさ

かふだんの通勤に穿いているレギンスを穿いてはいけないだろう。しかしこれも編集者から聞いたのだが、若い編集者はそのような場所でも、平気でレギンスを穿いてくるらしい。

「それも裾の部分にレースがついている、下着のようなタイプなんです」

私は初対面で、そのようなファッションの女性が来た場合、どう感じるかなあと考えた。点検するみたいに、頭のてっぺんからつま先まで相手の服装は見ないので、そんなに深くは考えないけれど、初対面で彼女が担当者として紹介されたときに、下着みたいなレースつきのレギンスに露出度が高いトップスを着て現れたら「？」となるだろう。社会人として服装に配慮ができないこの人と一緒に仕事をして、大丈夫かしらと首をかしげる。何もスーツである必要はなく、ここからここまではよくて、これはだめというはっきりとした基準はないのだが、ともかく、あまりにカジュアル度が高いものは、初対面ではまずい。会社の一員として仕事相手と会うのであれば、着る服は考えたほうがいい。服装で人を判断するなとはいわれるが、社会人としてＴＰＯをはずれた服装をしていると、常識を知らない人といわれるのは間違いないのだ。

それでは何を着たらいいのかというと、会社内ではいろいろな立場の人がいるし、さまざまな状況があるから、その場合はこれを着たらよろしいと、一概にはいえない。同席するのは誰か、そのなかで自分はどういった立場なのか、彼らはこのような格好をしたら、どのような印象を持つだろうか。これは個人の想像力の問題なので、私は立ち入れない。まあ無難な例としては、いざというとき用に、仕立てのいいシンプルなスーツかセパレーツを一着購入して、インナーやアクセサリー、スカーフで変化をつけるという作戦はあるけれど、ただ久しぶりにデパートのアクセサリー売り場を見て気づいたのは、洒落たアクセサリーは、洋服よりもはるかに値段が高いのだ。

以前は洋服の値段が高く、アクセサリーの値段が手頃だったので、一着の服をアクセサリーやスカーフで変化をつける着方が多かった。しかし今はその逆で、アクセサリーよりも、値段の安い洋服がたくさん出回っている。エルメスのスカーフ一枚で、二、三日分の服が買えてしまうくらいだ。激安店だったら、一週間分がまかなえてしまうかもしれない。アクセサリーで変化をつけるよりも、洋服を買い替えたほうが懐が痛まないのである。

なかには仕事はちゃんとやっているのだから、自分の着たいものを着て何が悪いという考え方の人がいて、あれで会社に行っているのかと驚くような格好の人も多いと聞く。けれど、いざというときのために、とにかく目をつぶって、自分が改まった雰囲気に見える服を一着準備してしまうか、手持ちの服を格上げできるアクセサリー、小物を購入してもいいのではないか。カジュアルな雰囲気の服しかないのに、それをいくら組み合わせたとしても、カジュアルから格上げするのは難しい。いざというときは、自分のファッションの好みは、スーツのインナーやアクセサリー、小物で表現するにとどめるのが得策なのではないかと、自信のない私は消極的に思うのである。

二十　満足できる服とは

洋服の枚数はあるのに、着る服がないと悩んだとき、一生、毛皮を着たきりのうちのネコがうらやましくなる。季節の変わり目に、温度調節のために毛が抜けたりはするものの、生まれ持った毛皮を、終生、身につけ続ける。ふだんはセルフクリーニングに精を出し、たまに飼い主にお風呂に入れてもらったりする。最近は小型犬用の服の洋裁本や編み物本も出ていて、彼らはお洋服を着替えたりしているが、ネコの場合は老ネコで保温が必要だったり、飼い主がコスプレをさせて遊んだりする以外は、ほとんど服は着ない。目を細めて仰向けになっている、うちのネコの毛をブラッシングしてやりながら、

「人間もネコみたいだったら、いったいどうなるのだろうか」

と考えてみる。

生まれてから亡くなるまで、ずーっと同じ服だとしたら、どんなに楽だろう。一生、体に合った服を、「あなたは黒地に白の丸柄」「きみは茶色に白の縞《しま》」「あなたは灰色の無地」とあてがわれる。そのつど体にジャストフィットしているし、流行だのコーディ

ネートだの、丈のバランスだのと、頭を悩ませる必要もない。しかしそれに自分の気持ちを高揚させる何かがあるかというと、それは見いだせない。

動物の毛皮は人間の裸にあたるので、地球全体がヌーディストクラブみたいになっていれば、生まれたままの姿のネコ方式で十分OKだ。しかし古代の人たちもずっと素っ裸で生活していたわけではなく、一枚の布に頭が入る穴を開けただけの、貫頭衣というシンプルな衣服をはじめとして、服や着物という形が整い、それにつれて流行が発生し、経済が活性化していく。そのあげく着ている服で人物を判断するような風潮も生まれ、楽しくも悩ましい状況へと突っ走ってきたのである。

宗教的な装束は別にして、男性の場合、ずっと同じ服しか着ない人がいる。ひとつのコーディネートをずーっと貫くタイプである。こういう人には着る服がないという考えがない。男性の場合は女性ほど流行の変化が激しくないのでそれが可能だ。しかしこの場合は、素材も仕立てもいい、自分に合うラインの服を揃えた本当にお洒落な男性か、着るものに無頓着《むとんちゃく》かのどちらかに分かれ、私のカンでは、後者のほうが多いように思う。いろいろな柄や色のものを持つと、組み合わせを考えるのが面倒くさいので、同じものしか着ない。本人が決めた制服のようなものなのである。

ココ・シャネルだと、ホテルのクローゼットにスーツが三着しかなくても、「究極のお洒落」と尊敬できるが、お洒落というよりも、面倒くささがじんわりと醸し出されているのを見ると、手抜きをしているとしか思えない。そういう男性は、いつも同じ服を着ているといわれても、そんなことはどうでもいいと割り切っているのだろうから、それはそれでいい。多くの人は、「いつも同じ服を着ている」といわれるのがいやだから、あれやこれやと悩み、失敗し、ため息をつくのだ。

私はどうして若い頃から、こんなに服について悩んできたのだろうと考えてみた。既製服のサイズに、ぴったり当てはまらなかったので、好きな服が着られなかったのも大きい。また原宿にブティックが次々とオープンしたときの、背が低くて当時体重が六十キロだった私の肩身の狭さ。なんでこんな思いをしなくてはならないのかと、自分でも不思議なくらいだった。

ハウスマヌカンと呼ばれていた店員はみな傲慢《ごうまん》で、お客の体形や雰囲気によって態度を変えた。私なんぞ店に足を踏み入れておらず、外からのぞいただけなのに、目が合ったとたんに顔をしかめられ、そっぽを向かれた。友だちと二人で店に入ったら、スタイルもよくお洒落な彼女には熱心に商品を勧めるものの、私は店に入ってから出るまで、何人もいるハウスマヌカンに、ひとことも声をかけてもらえない。そばにいるのに、いない人扱いになっていた。

「私にはどういうのが似合いますか」

と意を決して近くにいたハウスマヌカンに聞いてみると、彼女は、

「そのへんにあるんじゃないですか」

といって去っていった。しかし私は、

「悔しーい！　絶対に痩せてあの服を着てやる！」

と美に対する執着も根性もなく、

（ちぇっ、なんだよ、こいつ）

と心の中で舌打ちをして、憧れの店で服を買えて喜んでいる友だちと店を出たのだった。店員にそんな態度をとられたら、気の弱い人は、ショックを受けて落ち込むかもしれないが、私は、悪いのは彼女たちの態度のほうで、そんな奴らなど気にする必要はない、デブな私よりもずっと質が悪いと憤慨していたので、必死で自分の体をなんとかしようとも考えなかった。しかしやっぱり現実はどうにもならず、ファッション雑誌を見ながら、モデルの顔と自分の顔を交換して、妄想にふけるしかなかったのである。

その後、私の体重が減ってきたのと、ファッションも多様化してきたので、もちろんほとんどが「要丈詰め」だったが、気に入った服も着られるようになった。妄想にふけっていた頃から大好きだった服も、着られるようになった。しかしそれでファッション関係のすべての問題が解決したわけではない。悩みがひとつ解決すると、またしばらくして別の悩みがひょっこりと頭をもたげる。それは自分の体形の変化だったり、加齢であったりするのだが、今になってみると、精神的な問題のほうが大きかった。

若い頃、好きな服が着られないのは、すべて自分の体形のせいにしていた。当時はサイズ展開も少なく、平均的サイズかそれ以下の人でないと、流行の服は着られなかったこともあるが、働くようになって、多少、自由になるお金が多くなると、選択肢が増えていった。この頃には失礼千万なハウスマヌカンという種族は絶滅していて、たまに不愉快な店もあったが、店が客を選ぶというような雰囲気はなくなっていた。

そのうち海外からたくさんの服が入ってきて、値段の安いものから高いものまで、服は巷《ちまた》にあふれるようになった。インターネットを利用すれば、世界中の服が買える。それなのに着る服がないと感じてしまうのは、私のなかで満足できない何かがあるわけで、その満足できないものはなにかを、考えなくてはならなくなったのだ。

自分が満足する洋服とは何なのか。

「大量生産ではなく値段も手頃で、欠点の多い体形をうまく隠してくれて、センスもよく見えて素材もいい。着ていて自分もうれしくなるし、会った人にも似合うといってもらえる服」

こんな服ってあるのだろうか。社会に出てから今まで、自分のお金で買った服は相当な枚数になる。それでもいまだに満足できないなんて、世の中の服だけが変なのではなく、やはり自分のどこかが、変なのではないかと思わざるをえなくなった。

最初は似合う服が見つかっただけでもうれしかったのに、そのうち、これがいけるのだったら、あっちの服もいけるんじゃないかと手を出してみる。幸いサイズも合い、それなりにお洒落にも見える。しかし新しい素材とデザイン優先のために、着心地がとても悪い。「お洒落は我慢」という言葉に、ごまかされていたのかもしれない。素敵な素材は手洗いもクリーニングもできず、気に入って何度も着た服の対処にとても困った。人が身につけるものなのに、洗えない服は服ではないのではないかと、首をかしげつつ、次のシーズンに新作が出ると、着づらいのはわかっていながら、デザインに目を奪われて、また欲しくなってしまうのだった。

変だとわかっているのに、私は何年もそこから抜け出せなかった。その気持ちの根源にあるのは、「自分をよりよく見せたい、格好よく見せたい」という欲なのだ。人が服を選ぶのは、少しでも自分をよく見せたい、よく見てもらいたい、感じよく見せたいという気持ちの表れだ。限度はあるけれど、それは人として当然の気持ちだろう。それがまったくないのも、ありすぎるのも問題だ。私は、世の中にあんなにたくさん服があるのだから、もっと自分の気持ちや体形に合うものがあるに違いないと心の底で求め続けていたのである。

しかしそんな服はないのだと、やっとわかった。自分が今の自分でいる限り、永遠に自分に合う服には巡り会えない。というか、すでに巡り会っているのに気がつかず、巡り会っていないと勘違いし続けると思い当たったのだ。つまりずっと無いものねだりをし続けて、永遠に満足しない。それは世の中のせいではなく、自分の心の中の問題だったのだ。

シーズンごとに、誰かが策略をめぐらした流行色、業界の売りたい最先端のファッションが提示される。もちろん誰も持っていない。すると、

「あら、大変、持ってないわ」

と急に不安になる。企業はものを買わせる戦略がうまいので、見事に乗せられてしまう。私も若い頃はそういう部分があったけれど、今はもう我が道を行くである。

人は相手が流行の服を着ているからといって、好ましく感じるわけではない。服の印象も大切だけれど、それ以上にきちんと日本語が使えたり、精神的に穏やかで思いやりがあったり、その人となりが醸し出す雰囲気が大切だ。ファッション雑誌は、流行の商品は教えてくれるが、個人個人が自分でどういう魅力を創《つく》り出していくかは教えてくれない。自分が物事をどう考えるのかが重要なのだ。それは流行のファッションが登場しないもの、たとえば本や映画、絵画が教えてくれる。そしてあとは自分の頭で考える。たくさんの失敗も必要だ。たしかにそれに使ったお金は失うけれど、自分への投資になったと思えばいい。最近は金銭的にも精神的にもケチな人が多くて、何かにつけて失敗というか、余分なお金を出すのを怖《おそ》れて、安全牌《あんぜんパイ》だけをつかもうとする。大多数のほうに流れれば失敗がないと錯覚しているらしい。

あるエッセイで、季節ごとに通勤着、普段着の組み合わせをそれぞれ三パターンだけ決めている女性がいるという記事を読んだ。三パターンというのは、今着ているもの、タンスに入っているもの、そして洗濯中のもの、という分け方だった。どれかが着用不能になったら買い替える。タンスのこやしはゼロである。私はこの話を読んで感激したが、当時はまだ欲が勝っていたので、ここまで絞りきれなかった。けれどこれからはそれができそうな気がする。そうなったらさぞかしすっきりして、気分がいいだろうなあとわくわくしてくる。

私は還暦を過ぎたし、すぐに後期高齢者といわれる年齢になるだろう。それでも裸でいられるわけではなく、墓に入るまで服は着続けなくてはならない。私はずっと紺やグレーといった地味な制服系の色が好きだったが、これからはトップスはきれいな色を着てみようと考えている。それは未知の世界で、いろいろと試してみたい。体形は崩れ白髪も増え、肌にもいろいろと気になるところは出てきたものの、それによって今まで似合わなかった形や色のものが似合う可能性もある。着たきりスズメのネコもうらやましいけれど、自分の姿をよく見て、自分の判断で選んだ大好きな最少枚数の服を着回し、たまには失敗もするだろうが、気分よくずっと「着る」を楽しみたいと思っている。

文庫版　あとがき

この本の連載がはじまったのは、今から五年ほど前だと記憶しているが、現在に至るまで、洋服に関しては、「これでよし」というわけにはいっていない。相も変わらず、手持ちの服を取り出しては、ああだこうだと悩み、鏡を見ては、似合わなくなったと、処分を繰り返している。なので、この本に登場している服のほとんどは、手元に残っていないという有様である。

まず理由のひとつは、服の劣化である。一生着続けようと考えていた、みんなが褒《ほ》めてくれたリングツイードのコートも、ひどい毛玉ができるようになった。長い間シャンプーをしてあげなかった長毛種の大型犬みたいになってしまい、とても他人様に差し上げられるような状態ではなくなり、断腸の思いで処分した。愛用していたもんぺも着用不可になったので、買い直そうとしたら、ショップもろとも消えていた。それで私のもんぺ生活は終わった。

定番のスタイルが見つかったと喜んでいた、お尻が隠れるチュニックに八分、九分丈のパンツも、チュニックの素材によっては、もっさりとして見えるようになった。つまり何を見ても、似合わないとしか思えなくなってきたのである。パンツスタイルが似合わなくなったのかとスカートを探し、今年になって紺色のスカートを購入した。膝下くらいの長さで、麻、綿、ポリエステルのしっかりとした混紡になっている。猛暑と真冬の時季は無理かもしれないが、それ以外の季節ならば穿《は》けそうな、久々に気に入ったスカートだった。

そのスカートを購入した国内ブランドは私には着られそうもないデザインもあったけれど、縫製《ほうせい》が丁寧《ていねい》で生地もよく、シルエットもきれいだったので、

「これからはこのブランドの中で選んでいけば、うまくいくかもしれない」

と、後日、濃紺のキュロットスカートも購入した。両方とも、背の低い私でも丈《たけ》を詰めずにそのまま穿けたのもうれしい。やっと光が見えたと喜び、秋冬物でも見てみようかと、ブランドのサイトをチェックしたらブランド自体が消滅していた……。もんぺ同様、これまで何十回と私は同じ目に遭っているが、気に入って買っていた化粧品や服のブランドが、必ず無くなるか潰《つぶ》れるという法則がまた立証されたのである。誰かに意地悪をされているのではないかと、疑いたくなるほどだ。

一方、多くの人に支持されているブランドの、評判がいいデニムを購入してみると、シルエットがきれいでおまけに安価だし、とても気に入っていたのだが、夏場に肌にトラブルが起きて、穿くのをやめてしまった。人気のある機能性肌着もすべて処分した。買った当初はいいのだけれど、洗濯を繰り返すうちに、生地や染料の問題か、汗をかい

たときの私の体質の問題なのか、着用した後に発疹ができるようになったからである。

その結果、デニムを夏場に穿くのをやめ、肌着はすべて自然素材に戻したのだけれど、レースなどの飾りは一切ないので、着用時の姿は、簡素そのものだ。シルクは手洗い、陰干しをしていても黄変は避けられないので、白ではなくベージュ、モカ、黒といった色を買う。シルクのシンプルな肌着は体には優しいが、黒はともかく、ベージュやモカは見た感じはいまひとつだ。自分の年齢を考えると、もしどこかで倒れて、この女っ気のない実用最優先の下着を見られたらどうしようという不安もないではない。緊急事態であるし、相手はおばちゃんなので、誰もそんなものは見ていないだろうが、そのような事態になったことを想定して、清潔であるのは大前提だが、他人様が見てみすぼらしいと感じないようなものを身につけようとは思っている。

喜ばしいのは、4Eだった靴のサイズが、いつの間にか3Eに幅が狭くなったことである。これで靴の選択肢が増えたと、大喜びしたのであるが、ずいぶん前に、小唄の師匠にいわれた言葉を思い出した。その日、いつも履いていた靴がゆるく感じたので、足が小さくなったような気がすると師匠に話したら、

「気をつけなさい。そうなると転びやすくなるから」

といわれたのだった。幅が狭くなるのは筋肉が落ちたからか。そのとき私はまだ五十代前半だったので、へえ、そんなものかと聞いていたのだが、まさにそのときがやって

きたのかもしれない。喜びは一瞬のうちに不安となったのであるが、転んだ経験は今までにないし、まあ、一気にEになったわけでもなし、しっかり気をつけて大地を踏みしめていれば、何とかなるだろう。

このように現在も身につけるものに関しては、着物以外は、安心感よりも「これでいいのか」状態が続いている。そして靴以外は年々、選択肢が狭まったような気がする。このような日々であるが、裸でなければ何でもいいとは思わず、それなりに自分が満足できる衣生活を送ろうと、考えている次第である。

二〇一五年十一月

初出
「小説すばる」二〇一〇年九月号～一一年四月号
本書は二〇一一年十月、集英社より刊行されました。

集英社文庫 目録（日本文学）

村山由佳 雲の果て おいしいコーヒーのいれ方 Second Season Ⅴ
村山由佳 彼方の声 おいしいコーヒーのいれ方 Second Season Ⅵ
村山由佳 遥かなる水の音
村山由佳 記憶の海 おいしいコーヒーのいれ方 Second Season Ⅶ
村山由佳 地図のない旅 おいしいコーヒーのいれ方 Second Season Ⅷ
村山由佳 放蕩記
群ようこ トラちゃん
群ようこ 姉の結婚
群ようこ でも女
群ようこ トラブルクッキング
群ようこ 働く女
群ようこ きもの365日
群ようこ 小美代姐《こみよねえ》さん花乱万丈《からんばんじょう》
群ようこ ひとりの女
群ようこ 小美代姐さん愛縁奇縁
群ようこ 小福歳時記
群ようこ 母のはなし
群ようこ 衣もろもろ
室井佑月 血《あか》い花《はな》
室井佑月 作家の花道
室井佑月 ああ～ん、あんあん
室井佑月 ドラゴンフライ
室井佑月 ラブゴーゴー
室井佑月 ラブファイアー
タカコ・半沢・メロジー やっぱりイタリア
タカコ・半沢・メロジー イタリア 幸福の食卓12か月
タカコ・半沢・メロジー マンマとパパとバンビーノ イタリア式 愛の子育て
タカコ・半沢・メロジー もっとトマトで美食同源！
毛利志生子 風の王国
茂木健一郎 ピンチに勝てる脳
望月諒子 神の手
望月諒子 腐葉土
望月諒子 田崎教授の死を巡る 桜子准教授の考察
望月諒子 鱈目《たらめ》講師の恋と呪殺。 桜子准教授の考察
本岡類 住宅展示場の魔女
本宮ひろ志 天然まんが家
森詠 オサムの朝《あした》
森詠 那珂《なか》川《がわ》青春記
森詠 日に新たなり 続・那珂川青春記
森詠 少年記 オサム14歳
森絵都 永遠の出口
森絵都 ショート・トリップ
森絵都 屋久島ジュウソウ
森鷗外 舞姫
森鷗外 高瀬舟
森達也 A3《エースリー》(上)(下)
森博嗣 墜ちていく僕たち
森博嗣 工作少年の日々

集英社文庫　目録（日本文学）

森 博嗣　ゾラ・一撃・さようなら Zola with a Blow and Goodbye
森まゆみ　とびはねて町を行く 「谷根千」10人の子育て
森まゆみ　寺暮らし
森まゆみ　その日暮らし
森まゆみ　旅暮らし
森まゆみ　貧楽暮らし
森まゆみ　女三人のシベリア鉄道
森まゆみ　いで湯暮らし
森 瑤子　情事
森 瑤子　嫉妬
森 瑤子　人生の贈り物
森 巣博　無境界の人
森 巣博　無境界家族《ファミリー》
森 巣博　越境者たち(上)(下)
森 巣博　セクスペリエンス
森見登美彦　宵山万華鏡

森村誠一　死刑台の舞踏
森村誠一　灯《ともしび》
森村誠一　螺旋状《らせんじょう》の垂訓《すいくん》
森村誠一　路《みち》
森村誠一　壁の目 新・文学賞殺人事件《ファアントム》
森村誠一　黒い墜落機
森村誠一　死海の伏流
森村誠一　終着駅
森村誠一　腐蝕花壇
森村誠一　山の屍
森村誠一　砂の碑銘
森村誠一　悪しき星座
森村誠一　黒い神座《みくら》
森村誠一　ガラスの恋人
森村誠一　社《しゃ》奴《ど》
森村誠一　勇者の証明

諸田玲子　月を吐く
諸田玲子　髭麻呂 王朝捕物控え
諸田玲子　恋縫
諸田玲子　おんな泉岳寺
諸田玲子　狸穴《まみあな》あいあい坂
諸田玲子　炎天の雪(上)(下)
諸田玲子　恋かたみ 狸穴あいあい坂
諸田玲子　四十八人目の忠臣
矢口敦子　祈りの朝
薬丸 岳　友罪
安田依央　たぶらかし
安田依央　終活ファッションショー
柳 広司　贋作『坊っちゃん』殺人事件
柳澤桂子　愛をこめいのち見つめて
柳澤桂子　意識の進化とDNA
柳澤桂子　生命《いのち》の不思議

集英社文庫

衣《ころも》もろもろ

2015年11月25日　第1刷　　定価はカバーに表示してあります。

著　者　群《むれ》　ようこ

発行者　村田登志江

発行所　株式会社　集英社
東京都千代田区一ツ橋2-5-10　〒101-8050
電話　【編集部】03-3230-6095
【読者係】03-3230-6080
【販売部】03-3230-6393(書店専用)

印　刷　凸版印刷株式会社

製　本　凸版印刷株式会社

フォーマットデザイン　アリヤマデザインストア　　マークデザイン　居山浩二

ISBN978-4-08-745383-6 C0195